KB010491

그림 그림자

출판을 도와주신 여러분에게
두 손 모아 감사드립니다

박창규 회장
장정자 화백
김아정 교수
곽설리 작가
글벗동인 여러분

그림 그림자
이야기로 엮은 미술의 본디

장소현 소설집

문학나무

그린다는 일

요새 미술은 무섭게 빠른 속도로 변화를 거듭하고 있습니다. 하루가 다르게 표현이 다양해지고, 영역도 넓어지고 있어서 정신이 하나도 없습니다. 첨단기술과 융합하면서, 이것도 미술인가 싶은 작품이 넘쳐나고 있지요. 이래도 되는 건가 겁이 날 지경입니다. 따라가기 벅차요.

머지않아 '그린다'는 행위가 미술에서 완전히 추방될지도 모릅니다. 아마도 그렇게 되겠지요. 그럴 가능성이 매우 커 보입니다. 아예 미술, 그림이라는 낱말의 기본 개념이 바뀌는 것이지요. 그저 시대의 흐름에 따라 흘러가는 것이 쉽고 마음 편할 겁니다.

하지만, 이런 변화가 옳은 것이냐 아니냐 라는 물음은 가능하고 필요합니다. 실제로 우리는 빠르게 변해가는 세상을 향해 과연 지금 제대로 굴러가고 있는 것인가를 불안하게 묻습니다. 변화에 적응하려는 노력만큼이나 불안도 크고 질문도 절실하지요.

옳으냐? 아니냐? 라는 식의 구닥다리 잣대를 미술작품 창작에 들이대는 것은 시대착오라는 목소리도 큽니다. 실제로 그렇게 변해가고 있습니다. 질문이 무의미할지도 모르지요. 하지만…

인공지능의 시대가 되면 미술이라는 것이 없어질지도 모릅니다. 미술이란 과연 무엇이고 어떻게 존재해야 할까요?

미술 작품은 보는 사람들에게 끊임없이 말을 겁니다. 마음과 마음의 진정한 소통을 원하는 것이지요. 그것이 바로 예로부터 지금까지 변함없이 이어져오는 미술의 본질이겠죠.

물론, 말을 거는 방법이나 내용은 계속 달라집니다. 시대에 따라 변화하고 달라지는 것은 어쩌면 당연한 일이겠지요. 하지만 변하지 말아야 할 것, 변해서는 안 되는 가치 같은 것은 있어야 한다는 믿음도 필요합니다. 말하자면 종교의 신(神)과 같은 것 말입니다. 신에 대한 생각이 달라지면 종교의 모습도 달라지고, 근본이 흔들릴 수도 있습니다.

미술에도 그런 것, 그런 불변의 가치 같은 것이 있으리라고 믿습니다. 그래서, 변하더라도 지켜야 마땅한 것은 지켜야 한다고 주장하는 겁니다. 이런 생각 때문에 '꼴통 보수' 또는 '꼰대'라는 말을 들어도 어쩔 수가 없네요. 이런 믿음을 양보할 수가 없어요.

그렇다면 꼭 지켜야 할 것은 과연 무엇인가? 그것을 함께 생각해보자는 것이 이 책의 목적입니다. 이 책에 실린 미술 이야기들은 답이 아니고 물음입니다. 근본이라고 여겨지는 물음들, 절실한 문제 제기…

그림은 '그리는 것'이다, 미술은 머리나 입으로만 하는 것이 아니다, 아름다움이란 가슴의 울렁거림이다, 감동이란 뇌의 작용이 아니라 온몸의 떨림이다, 미술은 구원이다… 이런 따위의 생각들도 그런 것일지 모르지요.

답을 알면 이런 책을 쓸 필요도 없겠지요.

이런 글을 쓰고 싶다는 생각이 든 것은 아주 오래 전 프란츠 카프카의 짧은 소설들을 읽고부터입니다. 「시골의 사」「단식 광대」「계율 앞에서」「학술원에 드리는 보고서」 같은 짧지만, 많은 생각을 하게 해주고, 울림이 굉장한 소설들 말입니다.

아주 짧게 정제된 글 속에 차곡차곡 스며들어 있는 깊고 본질적인 생각들… 나도 미술 이야기를 그런 식으로 해보고 싶어서 카프카의 책을 꺼내서 다시 읽고 또 읽고 그랬습니다. 자코메티의 조각을 거듭 보기도 했지요.

이제야 겨우 흉내를 내봅니다.

　말하고 싶은 것을 효과적으로 드러내기 위해서, 글의 형식에는 얽매이지 않았습니다. 그러다보니 짧은 소설, 꽁트, 기사체의 글, 인터뷰, 판소리 사설, 일기, 독백… 등이 뒤섞여 혼란스럽습니다. 주제를 가장 잘 드러낼 수 있는 이야기 형식을 찾고 싶었습니다.
　「그림으로 맺은 형제」와 「불가사리를 잡아라」는 다른 책에 이미 실렸던 글을 다시 옮겨 실었음을 밝힙니다. 그 글에서 다룬 주제가 이 책에도 꼭 필요하다고 생각했는데, 이미 쓴 글보다 더 잘 쓸 재간이 없어서 염치 무릅쓰고 다시 실었습니다. 부끄럽습니다.

　변방의 허름한 목소리를 거두어 따스한 눈길 더운 마음으로 살펴주고, 책이 나오기까지 도움을 주신 많은 분들에게 진심으로 감사드립니다.

이천이십삼년 봄
미국땅 나성골에서
장소현 절

차례

앞마당
미술의 겉모습들

노벨 미술상? __ 012
푸른 니미의 한탄 __ 016
미술 한류 대작전 __ 029
바람 그림자 살인사건 __ 050
죽느냐 사느냐 __ 071
불가사리를 잡아라 __ 080
벽화는 죄가 없다 __ 098
당신과 나 사이에 __ 105
그림도둑 일기 __ 121
원근법 아시지요? __ 136
신 놀부타령 __ 142
그림으로 맺은 형제 __ 156
그림의 값어치란? __ 167
어중간 화백의 서러움 __ 169

책을 펴내며 | 그린다는 일 __ 004

뒷마당
미술의 속내

오직 점 세 개 __ 182

둘이며 결국은 하나 __ 184

외로움이라는 병 __ 195

이냐 시냐 __ 202

그림이 거는 말 __ 205

웃는 미술을 찾아서 __ 210

터럭 한 올이라도 __ 218

까치 그리는 이 __ 225

화인(畵人) 장돌뱅 약전 __ 228

호질 외전(虎叱 外傳) __ 237

K-아트의 선봉장 __ 243

화겨니고개마루 전설 __ 256

자화상 그리기 __ 269

날개 없는 새 __ 276

한운성 작 '지혜가 느린 그림자' 75×56 아크릴 1976

그림 그림자

이야기로 엮은 미술의 본디

앞마당

미술의 겉모습들

노벨 미술상?

"이야, 반갑다! 정말 반가워"

"히야, 이게 얼마만이야? 실물로 만나는 게 이렇게도 반가운 줄은 미처 몰랐구만!"

사람과 사람의 만남이 이다지도 반가운 일이라니 새삼스러웠다.

'미술수다방' 회원들이 참으로 오랜만에 실물 대면으로 만나는 자리였다. 오랜 동안 코로나 때문에 카톡이니 줌이니 하는 비대면으로 깔짝깔짝 만나다가, 이렇게 건강한 모습으로 얼굴 마주보고 손 맞잡고, 술잔을 나눌 수 있다니… 코로나로 고생한 사람도 많고, 코로나 때문에 죽은 친구도 있는데…

왁자지껄 요란스러웠다.

회원들이 거의 다 모이고 자리가 차자, 우리 동네 3대 구라 중의 하나인 봉구라가 마이크를 잡았다. (참고로 3대 구라는 봉구라, 사구라, 동구라 세 사람이다. 부드러운 발음으로 불러야 한다.)

 - 아, 오늘 같이 반가운 날에는 그저 흥겹게 먹고 마시고 떠들기만 해도 좋을 것 같습니다만, 그래서야 아무래도 우리 수다방 회원답지 않을 테니… 잠시 진지하고 심도 있는 대화의 시간을 갖도록 하겠습니다.

 에, 오늘 수다의 주제는 '노벨 미술상'입니다.

 여기저기서 "노벨 미술상! 그거 재미있네!"라는 탄성이 터져나왔다. 박수를 치는 사람도 있었다.

 - 에, 그럼… 만약 노벨 미술상이라는 것이 있었다면, 그동안 어떤 작가들이 받았을까 하는 이야기로 수다의 문을 활짝 열도록 하겠습니다.

 소문난 수다방 회원들답게 다양한 의견이 튀어나와서 큰 물결을 이루었다. 그야말로 화란춘성 만화방창이었다.

 - 노벨상이라 하면 아무래도… 뭐랄까 정치성, 시사성, 지역성 뭐 그런 것들이 작용했을 테니… 아무래도 피카소의 「게르니카」 같은 작품이 유리했겠지!

 - 맞아! 화제의 인물들이 많이 받았을 거야. 케테 콜비츠, 잭슨 폴록, 앤디 워홀, 뭐냐 그 상어 시체 팔아먹은 놈… 아, 데미언 허스트… 그런 작자들!

 - 뱅크시! 상 받으러 나올 때 신분 공개했을지도 모르지…

 - 자기 나라 사람 먼저 챙겼겠지… 뭉크!

– 추상미술을 발명했다는 칸딘스키 선생!

– 헤르만 헤세 어때? 미술과 문학의 통합! 명분이 그럴 듯하지 않나?

– 그 놈들 화제 모으려고 아트테이너 앞세웠을 게 분명해! 밥 딜란, 폴 매카트니, 안소니 홉킨스, 아들 부시 미국 대통령…

– 동양사람으로는 땡땡이 호박할머니 쿠사마 야요이, 중국의 아이웨이웨이!

이렇게 시간이 흐르면서 우리가 알고 있는 현대미술의 유명한 화가들이 거의 다 불려나왔다. 노벨상이 제정된 것이 1901년이라니 그 역사가 100년을 넘었는데, 안타깝게도 우리의 머릿속에 들어 있는 훌륭한 미술가는 그에 훨씬 못 미쳤다. 그것이 엄연히 현실이었다.

그 순간, 우리의 명사회자 봉구라가 날카롭고 정확하게 염장을 질렀다.

– 그렇다면, 한국 작가로는 누가 노벨 미술상을 받아야 마땅할까요?

잠시 무거운 침묵이 흘렀다.

– 백남준! 냄주운 피애액!

– 동감이요!

– 죽은 사람은 자격 없어!

– 또? 또 누구?

　　　　　　　　　　　　　그림 그림자

한 순간 물 끼얹은 듯 조용해졌다. 그리고 웅성웅성 시끄러워졌지만, 구체적인 이름이 나오지는 않았다. 나오지 않았는지, 못했는지는 분명하지 않다. 자기 이름을 큰 소리로 외친 사람이 있었지만, 그건 그저 웃자고 하는 소리…

— 노벨이건 노벨 할애비건 간에 예술에 등수 매겨서 줄 세우는 야만적 행위는 반대요.

— 옳소! 반대한다! 반대한다! 반대한다!

술이나 먹읍시다! 한 구석에서 잔뜩 볼멘소리가 들려왔다.

사회자 봉구라가 마이크를 잡았다.

— 에, 잠시 휴식시간을 갖고, 다시 시작하도록 하겠습니다. 휴회를 선포합니다, 탕! 탕! 탕!

노벨 미술상이 물 건너가는 소리 위로 술 따르는 소리가 경쾌했다.

푸른 니미의 한탄

존경하는 여러분 안녕들 하십니까? 세상이 몹시 험상궂기는 하지만, 슬기롭게 이겨내고 두루 평안하시기를 빕니다.

소생 '푸른 니미' 인사 올립니다. 그림 그리는 원숭이올시다. 갑자기 유명해지는 바람에 정신이 하나도 없네요. 흔한 말로, 어느 날 깨어보니 유명해져 있는 겁니다. 그야말로 대박이 난 거죠, 그것도 아주 엄청난 대박!

요새도 전시회 일정이 몇 개 잡혀 있어서 정말 정신이 없네요. 잠 잘 새도 없어요. 뜨는 것과 뜨지 않은 것의 차이가 이렇게 큰 줄은 예전엔 미처 몰랐습니다. 그러니 저마다 뜨려고 발버둥을 치는 모양입니다. 사실 뜨는 건 가벼운 검불 나부랭이들인데 말입니다.

존경하고 사랑하는 여러분, 오늘은 제 신세타령 좀 늘어놓으렵니다. 지루하더라도 들어 주시면 감사하겠습니다.

그림 그림자

이름 하여 「푸른 니미의 한탄」입니다. 왕년에 유명했던 연극 『빨간 피터의 고백』을 흉내 낸 겁니다. 아시죠? 추송웅이라는 배우가 열연한 모노드라마 작품으로 인기가 대단했었죠. 그 작품의 원작이 카프카의 「학술원에 드리는 보고서」라는 단편인 건 잘 아실 테고…

널리 알려진 대로 제 주인은 화가입니다. 실력도 만만치 않고 진정성도 있는데, 아직 뜨지 못해 고생하는 화가… 하긴 뭐 그저 죽어라고 열심히 그릴 뿐, 뜨려고 애쓰지를 않아요. 그런데는 아예 관심이 없어요. 그런 점이 매력적이긴 합니다만, 참 답답하죠. 그러다보니 아직 장가도 못가고…

그 분이 태어나자마자 버려진 저를 데려다 정성을 다해 길러주셨습니다. 생명의 은인이죠. 한국에서 원숭이를 기르는 건 흔한 일이 아닌데 말입니다. 하긴 뭐, 주인양반도 혼자 몸이니 저를 보살피며 외로움을 달랬는지도 모르지요.

그러니까, 대단히 외람된 말씀입니다만, 제 아버지나 마찬가지인 셈이지요. 인간과 원숭이의 족보나 친족 관계가 참 애매하긴 합니다만…

사랑을 듬뿍 받으며 자랐지요. 친자식 이상으로 저를 사랑하셨어요. 돈이 없어서 끼니를 거를 판에도 제 먹이만은 어떻게든 챙겨주셨지요. 평생 그 은혜를 잊을 수 없습니다. 그 은혜를 잊는다면 사람, 아니 원숭이가 아니죠. 저는 주인양반을 위해서라면 목숨이라도 기꺼이 내놓을 각오가

되어 있습니다.

아무튼 제 이름을 '니미'라고 지은 것 말고는 정말 아무런 불만이 없습니다. 니미가 뭡니까, 니미가! 한자로는 泥美라고 쓰고 '아름다운 진흙'이라고 읽는다는데, 영 마음에 안 들어요. 니미가 뭡니까, 니미가!

존경하고 사랑하는 여러분,

그러니까, 저는 거의 태어나면서부터 그림과 함께 성장한 셈입니다. 주인양반이 그림 그리는 옆에서 하루 종일 놀면서 자랐으니까요. 때때로 좋은 전시회에 저를 데리고 가기도 했습니다. 물론 입장을 거절당하고 매몰차게 쫓겨난 전시회가 더 많았지요. 짐승에게 무슨 예술 감상이냐, 당치않다!

그러다가 언제부턴가 저도 그림을 그리기 시작했습니다. 아주 자연스러운 일이었죠. 흉내 내기는 저희 원숭이의 특기 아닙니까. 그림 그리기 흉내 내는 것쯤이야 식은 죽 먹기죠.

그려보니까 꽤 재미있더라구요. 아무 생각 없이 기분 내키는 대로 붓 가는 대로 쓱쓱 그리는 겁니다. 단언컨대 잘 그려보겠다던가, 어떻게 그리는 것이 바른 것인지 따위는 생각하지 않았습니다. 그저 붓질이 화면을 벗어나지 않도록 신경을 쓰는 정도였지요. 아, 사람들이 알록달록 화려

그림 그림자

한 그림을 더 좋아한다는 정도는 알고 있었습니다.

아마도 추상화니까 가능했겠죠. 그리는데 무슨 법칙이 있는 것도 아니니 글자 그대로 멋대로 마음대로 그리면 되는 거예요. 설명 따위는 필요도 없고… 저는 진심으로 추상화에 감사드립니다. 솔직하게 탁 까놓고 말해서, 추상화라는 게 그런 거 아닙니까? 그린 놈도 뭔지 모르고, 보는 분은 더 모르는 형이상학적 유령놀음! 추상화 만세! 만세! 만세!

그걸 유식한 말로는 무위(無爲)라고 하더군요, 무위! 무위도식이 아니고, 노자 장자께서 말씀하신 무위사상 말입니다. 한국 미술동네의 대가(大家)들께서 즐겨 인용하시는 말씀이지요, 무위, 무위!

그런데, 주인양반도 내가 그린 그림을 보고 깜짝 놀라는 거예요. 아주 잘 그렸다고 머리를 쓰다듬어주며 특별 간식으로 바나나를 주기도 했죠. 그 비싼 바나나를 말입니다. 주인양반께서 칭찬하며 좋아하시니 더 신바람이 나서 그렸죠. 생명의 은인이신 주인양반을 기쁘게 하는 일인데 안 할 수 있나요, 죽을힘을 다해서 열심히 해야죠.

처음에는 주인양반이 그리다 망쳐서 꾸겨버린 종이쪼각이나 찢어진 캔버스에 그렸는데… 언젠가 새 종이를 한 뭉치 주시더라구요. 새 종이를 주면서 이렇게 말했지요. 똑똑히 기억합니다.

"니미야, 너도 화가 해라! 화가가 별 거더냐! 니미야, 네가 나보다 낫구나!"

그 말씀을 들으며 새하얀 새 종이를 받던 날 어찌나 기쁜지 눈물이 펑펑 나오는데… 이 목숨 다 바쳐서 열심히 그리리라 결심을 했죠.

주인양반은 답답할 정도로 순진한 사람이었습니다. 순진무구 그 자체라고 할 수 있어요. 원숭이를 친자식처럼 키우는 것만 봐도 알 수 있는 일이지요.

출세하는 법도 몰랐고, 출세하려는 생각도 거의 없었지요. 여자친구 사귀기에 집착하지도 않았고, 친한 친구도 별로 없었어요.

오로지 그림 그리기에만 몰두했습니다. 그러니까, 세상 모르는 어린아이나 마찬가지였어요. 그러니, 당연히 가난하고 외로웠지요. 무척 외로웠을 겁니다. 오죽하면 원숭이를 친자식처럼 길렀겠습니까.

가끔 혼자서 술을 마시면서 저를 앞에 앉혀놓고 어렵고 골치 아픈 말을 주저리주저리 늘어놓기도 했습니다. 처연한 넋두리 같은 말들은 잠시 허공을 맴돌다 연기처럼 사라졌지요.

"철학이 자살한 것은 돈 때문이다. 실존주의는 인간이 직립보행을 하면서 탄생했다. 모든 그림에는 외로움의 무게를 잴 수 있는 비밀이 숨겨져 있다. 신(God)이 뒤집어지면 개(Dog)가 된다. 비무장지대의 새들은 피스 피스 울며

그림 그림자

나른다고 카잘스 영감님이 말했다."

그런 어려운 말들을 제가 알아들을 리 없지요. 동의하기 어려운 말도 많았구요. 예를 들어, 저도 직립보행을 하지만 실존주의니 뭐니 그런 건 전혀 모르고 관심도 없거든요. 알아들을 수는 없지만, 저는 되도록 얌전하게 앉아서 열심히 듣는 척 했습니다. 가끔 추임새를 넣기도 하구요.

오죽하면 저에게 그런 이야기를 주저리주저리 늘어놓을까 생각하면 마음이 짠해서… 물론 엄청난 인내력을 필요로 하는 일이었지요. 참다 못 해 꾸벅꾸벅 졸기도 했습니다.

아무튼 주인양반은 제가 그림 그리는 걸 좋아했고, 편하게 그리도록 도와주셨습니다. 하늘 같은 은혜지요.

존경하고 사랑하는 여러분,

그런데 문제는 어느 날부터인가 주인양반보다 제가 훨씬 더 유명해지면서 생기기 시작했습니다. 아무리 생각해도 이건 제 잘못이 아닌데, 이상하게 꼬이면서 문제가 되는 거예요.

제 주인양반 친구 중에 방송국 피디를 하는 분이 있었는데, 어느 날 그분이 우연히 아틀리에에 놀러왔다가 제가 그림 그리는 모습을 보고는 놀라서, 방송에 소개하여 대박을 터트리는 바람에 하루아침에 유명해진 겁니다. 졸지에 엄청 뜬 거지요.

황송하게도 방송국 스튜디오에 나가서 직접 그리는 장면을 보여드린 것도 여러 번 했고요, 방송국에서 아틀리에로 와서 찍어간 건 숱하게 많습니다. 무슨 놈의 방송국이 그렇게 많고, 동물 프로그램은 왜 또 그리 많은지, 원! 그렇게 그린 작품이 비싼 값에 팔려나가기도 하고…

일본의 텔레비전 방송국 초청으로 팔자에 없는 비행기를 타보기도 했습니다. 기분 좋게 그림 몇 장 그려주고는, 일본 유람하면서 맛있는 거 마음껏 먹고 온천 뜨거운 물에 몸을 담가보기도 하고… 호강했지요.

그런데… 정신을 차리고 보니, 주인양반이 저의 수행비서가 되어 고생하며 땀을 뻘뻘 흘리고 있는 겁니다. 조심스럽게 제 눈치를 살피기도 하는 거예요. 아, 이건 뭐가 잘못되었다… 그런 생각이 들었지요. 이건 아닌데…

뿐만 아닙니다. 저를 연구한 동물학자들의 논문도 여러 편 나왔습니다. 예를 들어, 「영장류의 미적 표현능력의 한계에 대한 실증적 연구 분석」「영장류의 색채 인식에 주위 환경이 미치는 영향의 상관관계 연구」「원숭이 화가의 심리변화에 대한 미학적 연구」「영장류 작품에 있어서의 이미지와 메시지의 인과 관계에 관한 분석적 접근」 등등… 중후하고 거창한 제목에 애매모호한 내용을 담은 논문들이 발표되었습니다. 그 중의 몇 개는 정부의 연구비 지원 혜택을 받았다고 하더군요. 그 과정에서 블랙리스트 시비

그림 그림자

가 있었다는 식의 믿거나 말거나 소문도 있었지요. 그 바람에 한 때는 우리 아틀리에가 동물학자들의 집결지로 변하기도 했었습니다. 아주 시끄럽고 골치 아팠지요. 한동안 우리 아틀리에 옆방에 '세계영장류연구소 긴급 임시사무실'이라는 간판이 걸려 있기도 했습니다.

일이 이렇게 돌아가다 보니 '그림 그리는 천재 원숭이 푸른 니미'를 모르는 사람이 없을 정도로 유명하게 되었습니다. 유튜브인지 뭔지 하는 거에도 영상이 여러 편 소개되는 바람에 국제적으로도 인기를 모았지요.

존경하고 사랑하는 여러분께서도 잘 아시겠지만, 일단 뜨고 나니 그 다음부터는 만사 일사천리… 유명 화랑들이 앞다투어 개인전을 열어주었고, 옥션에서는 그림값이 천정부지로 계속 오르고… 난리가 났지요. 전에도 그림을 그리는 원숭이나 돼지, 코끼리 같은 동물이 더러 있기는 했지만, 그런 그림과 제 작품은 차원이 다르다는군요. 뭐가 어떻게 왜 언제 다른지는 잘 모르겠습니다만…

그러니 수요에 비해 공급이 턱없이 달리게 되고… 제가 그린 작품은 물감이 채 마르기도 전에 팔려나가는 터무니없는 일이 이어지는 겁니다. 그야말로 피카소 수준이지요, 피카소 수준! 그 바람에 '피카몽키'라는 별명이 붙기도 했어요. 웃기죠? 피카몽키?

처음에는 인기가 그저 일시적인 현상일 거로 생각하고 가벼운 마음으로 웃으며 즐겼지요. 장난삼아 이런저런 약속도 하구요. 그런데, 이상하게도 그게 아닌 겁니다. 반짝 인기로 그치지 않고, 오래 가는 거예요. 당황스럽고 더럭 겁도 나더군요. 저도 그렇고 주인양반도 마찬가지였어요. 그거 참 곤란하데요.

그러다보니, 진짜 화가인 제 주인양반이 저를 도와야하는 이상한 현상이 본격적으로 벌어진 겁니다. 주객이 완전히 전도되는 말도 안 되는 일이 일어나는 거예요. 생각해보면 대단히 자존심 상하는 일이지요. 자존심 하나로 버티며, 투철한 작가정신으로 활동하는 정식 화가가 원숭이가 그림 그리는 걸 도와야 한다니…

어디 그뿐입니까, 유명해질수록 생각지도 않았던 문제들도 수면 위로 고개를 내밀기 시작했습니다. 이를 테면, 그림에서 생긴 수입은 누가 가져야 하느냐, 저작권은 누구에게 있느냐, 세금 문제는 어떻게 되느냐 같은 현실적 문제부터 과연 이것도 예술작품이냐 같은 근본적 문제에 이르기까지 골치 아프고 다양한 문제들…

그림 판 돈이야 당연히 주인양반이 가져야죠. 그렇게라도 은혜를 갚을 수 있다면 저는 그것으로 대만족이죠. 오히려 감사할 일이죠. 원숭이 주제에 무슨 돈이 필요하겠습니까, 하루에 열 끼 먹을 것도 아니고, 비싼 음식 더 얻어

그림 그림자

먹는다고 팔자가 달라지는 것도 아니고…

존경하고 사랑하는 여러분,

그런 건 아무 것도 아니고, 진짜 제가 고민하는 문제는 주인 양반의 처지올시다. 제가 뜨고 나서 주인양반은 "명색이 화가 주제에 원숭이 덕에 먹고 산다." "원숭이 시중이나 들다니 예술가 망신 다 시킨다. 네가 원숭이 '시다바리'냐?"는 등등 사방에서 손가락질을 받으니 견디기가 힘들어진 겁니다.

이건 술 퍼마신다고 해결될 문제가 아니죠. 그렇다고 제가 유일하게 좋아하는 그림을 못 그리게 하기도 그렇고…

값은 달라는 대로 줄 테니 저를 팔라는 제안이 여러 곳에서 들어오는 모양입니다. 은근히 또는 노골적으로… 하지만, 자식 같은 저를 팔아넘길 수야 없는 일이지요. 제 주인양반은 도저히 그럴 분이 아닙니다. 절대 아니지요.

무엇보다 안타깝고 견디기 어려운 일은 제 주인양반이 낙담해서 그림 그릴 의욕을 잃어버렸다는 것입니다. 제가 본격적으로 그림을 그리게 되고 그것이 잘 팔려나가면서 서서히 그렇게 무너져 내렸습니다. 그럴 만도 하죠. 지금까지 오로지 그림에 모든 것을 바쳐 전력투구했는데, 그 결과가 짐승만도 못하다니…

지금도 생생하게 기억합니다. 화랑의 독촉에 못 이겨 주인양반이 내 그림을 흉내 내서 그린 일이 있었어요. 그러니까 가짜 그림을 그린 겁니다. 대작(代作)인 셈이죠. 그게다 주인양반이 사람 좋다보니 냉정하게 거절하지 못하고 약속을 하는 바람에 생긴 일이죠.

비록 딱 한 번이었지만, 그런 일이 있었습니다.

그 날 주인양반은 독한 술을 잔뜩 퍼마시고는, 일필휘지로 붓을 휘둘렀습니다. 그리고는 쓰러져버렸지요. 어깨가 들먹이며 요동치는 모습이 몹시 서러워 보였습니다. 그 무렵 일기에 이런 구절이 있었습니다.

"미술이 인간의 전유물인가? 오직 인간만이 예술을 할수 있다고 생각하는 오만함! 세상의 모든 생명현상은 곧 예술이 아닐까? 내가 사랑하는 원숭이 니미의 그림에서는 싱싱한 비린내가 난다, 내가 도저히 그릴 수 없는 생명의 냄새와 소리…"

그러니까, 단순한 자존심의 상처나 시기심이 아니라, 예술의 근본 문제를 깊숙이 고민한 겁니다. 생명의 표현이라는 문제, 그것이 꼭 예술작품이라는 모습으로 나타나야만 하는 것일까라는 문제…

물론, 심지가 아주 굳은 양반이니까, 시간이 지나면 씩씩하게 털고 일어날 것으로 믿어 의심치 않습니다만, 당장 눈앞에서 힘들어 하는 모습을 보는 건 괴롭고 가슴 아픈 일이지요.

그렇다면, 결론은 제가 그림을 안 그리면 되는 건데요. 손모가지를 분질러버리거나 장님이 되어버리거나… 아니면 시름시름 앓다가 속절없이 죽어버리거나… 하지만 어느 것 하나도 간단한 일이 아니지요. 세상이 저를 안 그리도록 내버려 두지를 않거든요. 물론 저 자신도 그림을 안 그리면 죽을 것 같구요. 정말 진퇴양난입니다.

존경하고 사랑하는 여러분,

이제 본론으로 들어가겠습니다. 제 푸념을 들어보시고 고견 주시면 정말 감사하겠습니다. 머리 숙여 간곡히 부탁드립니다. 죽은 사람, 아니 원숭이 소원도 들어준다는데…

존경하고 사랑하는 여러분에게 정중하고 엄숙하게 묻고 싶습니다. 그림이란 무엇이고, 예술이란 또 무엇입니까? 작가의 영혼이나 창작이란 도대체 무엇인가요? 아시다시피 저는 한낱 원숭이올시다. 원숭이인 제가 그린 그림이 정식 화가이며 저를 길러준 주인양반의 작품보다 더 높게 평가되는 현상을 어떻게 평가해야 합니까? 청출어람이라구요? 천만의 말씀!

세속적인 인기와 진정한 작품의 가치는 어떤 관계가 있는 건가요? 미술시장을 이런 식으로 움직이는 사람은 도대체 누구인가요? 바야흐로 인공지능이 원하는 그림을 마음대로 그리는 세상이 닥쳐오고 있는데 그럼 화가는 어떻게 존재해야 할까요? 미술이 필요하기는 한 걸까요?

존경하고 사랑하는 여러분,

여러 가지로 생각한 끝에 제 나름대로 결론을 내렸습니다. 제 결론은 조용히 없어져버려야겠다는 겁니다. 주인양반의 행복을 위해서 그것이 최선의 길인 것 같네요. 제 주인 양반은 그림을 그려야 행복한 사람입니다. 그림을 못그리면 시체나 마찬가지지요. 물론 저도 그렇습니다만…

문제는 어떻게 조용히 사라지느냐 올시다. 그래서 이렇게 존경하고 사랑하는 여러분의 도움을 부탁드리는 겁니다.

제가 집 밖으로 나가면… 사람들이 금방 알아보겠죠. 그러니 그건 안 됩니다.

자살? 투신자살, 음독자살, 번개탄, 단식… 진심으로 말씀드려서 저는 지금 당장 죽어도 여한이 없습니다만, 어느 것 하나 제 힘으로는 할 수가 없네요. 이대로 살다가 늙어죽는 것밖에는 제가 할 수 있는 일이 없어요. 답답합니다.

그래서 머리 숙여 간곡히 부탁드리는 바이올시다. 누가 절 좀 데려가 주세요. 단 그림을 그리도록 시키지 않는다는 조건으로…

아니면 누가 제 손모가지를 짤라주시던가, 절 좀 죽여주세요. 조용히 죽도록 도와주세요. 이렇게 엎드려 부탁드립니다.

미술 한류 대작전

'눈앤손앤가슴조형연구소'는 은퇴교수 추상화 선생과 동료 몇 사람이 설립하여 운영하는 미술 전문연구기관이다. 우리의 답답한 미술 현실을 개선하겠다는 알찬 목표를 세우고, 나름대로 열심히 움직이고 있다. '눈앤손앤가슴'이란 미술의 핵심적 기본 요소를 압축한 것이다. 눈으로 보고, 손으로 만들어, 가슴으로 전한다는 뜻.

'눈앤손앤가슴조형연구소'의 기본 정신은 다음과 같다.

하나, 우리는 소박하다.

둘, 우리는 순수하다.

셋, 우리는 정직하다.

겉으로는 이렇게 거창하게 말하지만, 사실은 마땅하게 갈 데 없는 원로미술가와 은퇴교수 몇 명이 마련한 사랑방 같은 공간이다. 거창한 이름에 비해 밴댕이 콧구멍보다도 작은 사무실이다. 그나마 교통 편한 곳에 자리 잡고 있어서 오다가다 들려 시간보내기는 좋았다.

어느 날 연구소로 아담한 택배가 하나 도착했다. 그 무렵, 추상화 교수 팬을 자처하는 사람들이 선물을 보내는 일이 하도 많아서 그런 것이려니 하고 받아서 던져두었다.

그런데, 나중에 상자를 뜯어보니 봉투가 하나 얌전하게 들어 있었다. 매우 관료적인 모양의 봉투 겉에는 '눈앤손 앤가슴조형연구소'의 발전을 기원합니다'라고 적혀있고, 봉투 안에는 수표가 한 장 다소곳이 들어 있었다. 동글뱅이가 여러 개 달린 수표였다. 이런 큰 액수에 전혀 익숙지 않은지라 모두 놀라서 눈이 휘둥그래졌다.

– 하이고야, 이기 똥글뱅이가 대체 몇 개고? 봐라, 뭐시 잘못된 같다! 이거는 마 우리한테 온 기 아인 기 분명타!

– 그렇지 않은데… 봉투에 우리 연구소 이름이 분명히 쓰여 있잖아!

– 아니, 이게 대체 무슨 일이지? 마른하늘에 돈벼락이 네!

– 당장에 돌리 보내뿔자. 이런 거는 마 우리 끼 아이다!

– 그런데… 보낸 사람 주소가 없는데…

– 그기야 택배회사에 물어보모 되지…

당장에 택배회사에 전화를 걸어봤지만, 발신인이 주소를 밝히지 않아서 돌려보낼 수가 없다는 대답만 돌아왔다. 그냥 받아두시는 게 좋을 거라는 투였다.

그 때 전화가 애달프게 울어댔다.

– 저, 물건 잘 받으셨죠?

– 뉘시오?

– 모시러 왔습니다. 입구에서 기다리고 있으니 빨리들 내려오시죠.

– 모시러 왔다구? 대체 무슨 일이요?

– 가보시면 압니다.

– 아 글쎄 무슨 일인지 알아야…

– 나랏일입니다. 빨리들 내려오세요.

전화가 귀찮다는 듯 툭 끊어져버렸다.

아래로 내려가서, 데리러 온 담당자인지 운전사인지 모를 친구에게 수표를 돌려주려 했으나, 사람 잡을 일 있느냐며 펄쩍 뛰었다. 그리곤 별 이상한 사람들 다 보겠다는 표정을 지었다.

*

차에서 내리니 〈갤러리 공〉 앞이었다. 관장인 재클린 공 여사가 문 앞에서 기다리고 있다가, 반갑게 맞으며 호들갑을 떨었다. 넘치게 화려한 옷차림은 여전했다. 도대체 무슨 영문인지 알 수가 없었다.

– 아이구우, 선생님들 어서 오세요! 대체 이게 얼마만이에요! 건강들 하시죠? 추 교수님 프로 잘 봤어요. 인기가

대단하죠?

　- 공 여사 대체 무슨 일이요, 이게?

　- 나랏일이라 카던데, 우리가 나랏일하고 무신 상관이란 말이고?

　- 아이구, 성질들도 급하셔라! 곧 아시게 될 꺼예요. 자, 이리들 오시죠.

　재클린 공 여사를 따라 들어간 곳은 지하에 있는 작품 보관실이었다.

　그림들이 잔뜩 도열해 있었다. 벽에 걸린 것, 벽에 기대 놓은 것… 낯익은 그림들이었다. 자세히 보니 우리 친구의 작품들이었다. 한창 나이에 아깝게 먼저 떠나간 친구… (여기서 친구의 이름을 밝힐 수는 없다. 보안 관계상 밝히지 말라는 부탁을 받았기 때문이다.)

　- 아니 이건…!!!

　- 어떠세요, 감회가 새로우시죠? 옛 친구의 작품을 대하시니…

　그림을 보노라니 친구의 모습이 주마등처럼 어른거렸다. 씨익 웃는 모습이 보이는 것 같고, 술 냄새도 아련하게 풍겨오는 것 같았다. 쌉스레한 슬픔이 와락 몰려왔다.

　- 아이고, 이 작품들 우째 이래 여기 있는고?

　- 유족들로부터 기증받았어요. 사모님께서 얼마 전에 돌아가시고…

- 이게 모두 몇 점이나 되나?

- 5백 점이 넘어요. 쓸 만한 미완성작, 습작, 스케치까지 다하면 정말 엄청나요. 저도 놀랬어요.

- 아니 그 친구가 그림을 이래 많이 그렸드나? 맨날 술만 묵는 줄로 알았는데…

- 그런데 우리는 왜…?

- 그건… 국장님이 직접 설명하실 꺼예요. 조금만 기다리세요. 아, 저기 오시네!

방으로 들어선 국장이라는 자는 기생 오래비처럼 반질 밴질 미끈했다. 도무지 나랏일을 보는 공무원 같지는 않았다. 무슨 기관에서 무슨 일을 하는 국장인지도 밝히지 않았다. 말을 공손하게 하는 것 같지만, 건방지고 완전히 일방적인 자세였다.

- 아, 선생님들 반갑습니다. 이렇게 오시라고 해서 대단히 송구스럽기 그지없습니다만, 워낙 중차대한 일이라서 실례를 무릅쓰고 이렇게 모셨습니다. 이봐요, 째애키 여사!

그 말이 떨어지기가 무섭게 재클린 공 여사가 와인을 내왔다. 단단히 준비하고 기다린 듯했다. 그러니까 우리는 완벽하게 짜여진 각본 안에 끌려들어와 어리벙벙하고 있는, 독 안에 든 쥐 꼴이었다.

국장이 직접 우리 잔에 와인을 따랐다.

- 자 드시죠. 미국 캘리포니아 나파 밸리 와인입니다. 프

랑스 것보다 우리 입에 잘 맞습니다. 에에, 그러면 간단하게 요점만 설명을 드리겠습니다. 제가 워낙 나라일로 바빠서…

시원하게 와인을 마신 국장이 일장연설을 시작했다. 모노드라마를 하는 배우처럼 혼자 떠드는 통에 끼어들 사이가 없었다. 그저 듣는 수밖에…

– 에에… 오늘 이렇게 선생님들을 모신 것은 각별히 특별한 부탁을 드리기 위해서입니다. 무슨 일이냐? 한마디로 요약하면, 이번에 국가 차원에서 미술 한류를 추진하기로 했습니다. 그러니까, 우리 한국미술을 세계적인 차원으로 끌어올려 세계 구석구석에 전파하자 이런 말씀이올시다.

그동안 우리가 한류라고 하면 케이 팝이니 드라마니 음식이니 해서, 이렇게 저렇게 해봤고, 그런대로 성과도 없지 않았습니다. 그러나 아이들 재롱이나 여배우들 얼굴 파는 것만으로는 한계가 너무나도 분명하더라 이겁니다. 음식 한류라는 것도 그래요, 떡볶이나 비빔밥 가지고 되겠습니까, 안 그렇습니까? 아, 죄송합니다, 음식에 관한 이야기는 안 들은 것으로 해주시기 바랍니다.

아무튼, 한류에도 이제는 고급문화가 필요하다 이겁니다, 수준 높은 고급문화가! 그래서 우리가 다각도로 검토 분석해본 결과! 문학은 언어 장벽이라는 결정적인 걸림돌이 있고, 연극이나 음악은 많은 인원이 동원되는 데다가 일회성이라는 치명적 약점이 있더라 이겁니다. 우르르 몰려가서 몇 번 공연하면 그것으로 끝이니…

그러면 대안이 무엇이냐? 미술이다! 이런 결론에 도달한 것입니다. 미술작품은 사람들처럼 골치 아프지도 않고, 무한정 감상할 수 있다 이 말씀입니다. 우선, 그림은 노조니 파업이니 그런 골치 아픈 일이 없지요, 안 그렇습니까?

그리고 가만히 앉아서 사람들을 불러 모으는 매력적인 마력이 있다 이 말씀입니다. 루브르박물관 같은 걸 보세요. 불란서의 상징이자 자존심 아닙니까! 게다가 관광객이 얼마나 많습니까? 일년 내내 바글바글해요. 가만히 앉아서 돈을 엄청 벌어들이는 겁니다. 그래서 문화는 국력이다 이 말씀입니다. 어디 루브르뿐입니까? 제가 직접 몸소 친히 돌아보니까, 저 구석쟁이 아무 것도 없는 조그만 촌구석이 미술관 하나로 잘 먹고 잘들 사는데, 그런 곳이 하나 둘이 아니더라 이겁니다. 역사를 울궈먹는 거예요, 역사를! 그것도 자손대대로 울궈먹는 거예요. 우리가 사극 나부랭이 찍어서 수출하는 거하고는 근본적으로 차원이 다르지요.

그래서 결론적으로 우리도 그런 걸 하자! 우리는 한다면 한다!

위에서도 이제사 겨우 그걸 인정하신 겁니다. 이번에 문화부장관을 미술인이 맡게 된 데도 그런 깊은 뜻이 있는 겁니다, 아시겠습니까?

– 위라니? 자꾸 위 위 하는데, 어떤 위 말이요?

잽싸게 틈새를 비집고 물었다. 국장은 와인을 한 모금 마시고 야멸차게 대답했다.

– 그런 건 알려고 하지 마세요. 깊이 알면 다칩니다. 아는 만큼 보이고, 본 만큼 다치십니다. 아, 그리고, 오늘 이 자리에서 있은 일은 일체 비밀로 해주셔야겠습니다.

– 아니 그렇게 좋은 일이라면 공개적으로 국민적 공감대를 형성해야지…

– 깊이 알려고 하지 마세요. 아는 만큼 다치십니다.

에에, 그래서 우리도 고급문화를 통해 국격을 바짝 상승시킬 미술 한류를 본격적으로 추진할 장기 계획을 수립하고, 화백님들의 대승적 차원의 협조를 부탁드리기 위해 오늘 이 자리에 이렇게 모시게 되었다 이겁니다.

뜻은 좋은데 그럼 구체적인 방법이 무엇이냐? 당연하신 질문입니다. 솔직하게 단도직입적으로 말씀드리겠습니다. 미술작품 값의 실체가 무엇이라고 생각하십니까? 요새는 유명한 그림 한 장이 1억 딸라가 넘는 게 보통인데, 도대체 그 까닭이 무엇이냐? 그것이 알고 싶다 이겁니다. 1억 딸라가 무슨 애들 이름입니까? 1억 딸라 벌자면 자동차 몇 대를 수출해야 하는지 아십니까, 선생님들?

우리 솔직하게 까놓고 말합시다. 그림 그거 원가가 얼마나 됩니까? 몇 푼이나 합니까? 예술성이라는 것도 그래요. 그거야말로 지극히 애매모호한 거 아닙니까? 귀걸이 코걸이로 갖다 붙이기 나름 아닙니까? 안 그래요? 솔직히 말해보세요! 그럼 뭐냐? 순전히 이름값이다, 이겁니다, 이름값! 그러면 그 이름값 뒤에는 또 뭐가 있느냐? 전설이다, 이겁니다, 전설! 결론적으로 전설이 돈이다 이겁니다. 전설 때문에 그림 한 장이 1억 딸라나 나간다 이거예요!

외국의 예를 들 것도 없이, 우리나라의 이중섭, 박수근 다 그렇다 이겁니다. 친구나 주위 사람들이 전설로 만들어버리는 바람에 그렇게 되었다 이거예요… 이중섭 친구들이 만든 눈물 나는 전설과 신화, 박완서의 소설「나목」다 그런 거라 이겁니다. 결론적으로 전설은 만들어지는 거다 이 말씀이예요. 그러니까 우리도 본격적 미술 한류를 위해 우리의 전설을 만들자!

그럼 누굴 전설로 만들 것이냐? 바로 여기 있는 이 양반입니다. 째애키 여사께서 추천해주셨습니다만, 우리가 판단하기에는 이 양반 작품으로 봐도 질적으로 양적으로 뛰어나고, 한창 나이에 요절한 인생 스토리도 그렇고… 전설이 될 필요충분조건이 완벽하다 이 말입니다. 이 양반만큼 치열하게 밤이나 낮이나 작품에 일로매진 직진했고, 질적으로나 양적으로나 이만큼 작품 남긴 화가 또 있습니까? 있으면 말해보라 이겁니다.

아 물론, 우리도 간단하게 결정을 내린 것은 절대 아닙니다. 나랏일을 그렇게 허투루 해서는 안 되지요, 그럼요! 백남준이나 김환기, 운보, 이우환, 다양한 신진작가 모두 다 검토해봤지만… 입체적이고 철저한 시장조사 결과, 새로운 인물을 발굴하여 참신한 신화를 만들어야 한다, 그런 결론을 내린 것이라 이겁니다. 왜냐? 이미 알려진 분을 다시 밀기에는 신선도가 결정적으로 떨어지고, 생존작가는 이래저래 까다롭고 거추장스러운 면이 많아서 박력 있게 밀 수가 없다 이겁니다.

자 그래서, 화백님들께 부탁드립니다. 이 양반을 전설로 만드는 작업을 맡아주세요. 우리가 판단하기에, 이 양반의 오랜 친구인 화백님들이 최상의 적격자라 이겁니다.

아, 저희가 이미 젊은 미술평론가에게 시켜서 이 양반 평전을 쓰게 해봤는데, 무조건 칭찬만 늘어놨어요. 어딘가 모자라요, 2프로 부족해… 이런 거로는 안 되죠. 어림도 없어요. 그럼, 뭐가 부족하냐? 예를 들어, 시대감각도 그렇고, 같은 공간에서 같은 공기를 마시며 같은 고민을 나눈 그런… 뭐랄까… 아주 구체적이고 섬세한 떨림 같은 것이 없더라 이겁니다. 그런 섬세함 없이는 감동적인 신화가 안 나옵니다, 사람들을 울릴 수가 없어요. 하다못해 그 당시 짜장면 한 그릇이 얼마였는지, 여학생들의 패션은 어떠했는지, 첫사랑은 어떻게 했는지, 유행어는 어떤 것이 있었는지, 어떤 노래가 심금을 울리며 유행했는지… 그런 생생한 삶을 모르고 글을 쓰면 생명력 넘치는 울림이 나올 수 없지요. 안 그렇습니까! 그래요? 안 그래요?

그래서, 결론적으로 화백님들이 이 일의 저격자라는 겁니다. 그런 점에서, 여러 화백님을 추천해준 쩨애키 여사에게 거듭 감사드리는 바입니다. 오늘 이렇게 직접 뵈니 더욱 그런 확신이 실감으로 확 밀려드는군요. 잘 부탁드립니다. 여러분은 이 양반과 같은 공기를 마시고 같이 술을 먹고 같이 개똥철학의 향기를 맡으며 영혼의 떨림을 교류한 운명적인 사이 아닙니까? 머리가 아니라, 가슴과 영혼으로 통한 사이다 이겁니다. 게다가 금상첨화로, 현재 연구소도 운영하고 계시고!

아, 선생님들 예술원 회원이신가? 아니라니! 그럴 리가 있나? 알겠습니다. 당장 조치하겠습니다.

에에… 그럼 구체적으로 어떻게 진행할 것이냐? 추상화 화백님께서 정열적으로 티이비 프로그램을 진행해주시고, 평론가 선생께서는 심금을 울리는 감동적인 평전을 써주시고, 연극반 출신인 조각가 선생께서는 뼈근한 연극을 한 편 만들어주시고… 그렇게 하면 삼박자가 환상적으로 딱 맞아 떨어진다 이겁니다. 이거야 말로 삼위일체다 이겁니다.

마침 내년이 이 양반 30주기랍니다. 그동안 철저하게 준비했다가 30주기를 즈음하여 일제히 빠앙 터트리는 겁니다. 그러면 우리에게도 하나의 새로운 전설이 찬란하게 탄생하는 겁니다. 물론 시간이 걸리겠지요, 하루아침에 이루어지는 전설은 없으니까… 그러나 우리는 할 수 있습니다. 우리는 한다면 반드시 합니다, 파이팅!

앞으로 모든 일은 우리 쩨애키 여사와 상의하시기 바랍니다. 경비가 필요하시면 언제든지 기탄없이 말씀하시고… 예산은 넉넉하게 확보해놨습니다.

이상으로 짤막하나마 제 말씀을 마치겠습니다. 감사합니다.

말을 마친 국장은 쩨애키 여사가 따라준 포도주를 시원하게 마시고 화백님들을 날카롭게 둘러보았다. 잘들 알아들었느냐는 표정이었다. 알아먹었으면 대답을 하라는 독촉도 들어 있었다.

- 미술 한류라? 그것 참 반갑고 그럴듯한 생각이로군요. 잘 알겠소이다. 생각해보리다.

- 우리 말고도 사람 많을 낀데…

그 말을 들은 국장은 차갑게 한 마디를 던지고 찬바람을 일으키며 나가버렸다. 일방적인 통고였다.

- 아, 말씀하신대로 닭은 많습니다만, 우리가 필요로 하는 것은 꿩입니다, 꿩! 그리고 나랏일은 선택의 문제가 아닙니다. 우리가 원하는 것은 선택이 아닙니다. 아시겠습니까?

재클린 여사도 황급히 국장을 따라 나가고, 우리는 묵묵히 그림들을 바라보며 옛 친구를 생각하고 있었다. 와락 슬픔이 밀려왔다, '쓰나미'처럼…

*

다음날 정말로 예술원으로부터 전화가 걸려왔다. 입회신청서를 제출하시면 회의와 심사를 거쳐 결과를 되도록 빨리 알려드리겠다는 이야기였다. 필요 없다고 해도 통할 것 같지 않은 태도였다. 이미 서류를 보냈으니 그리 아시라며 전화를 끊었다.

- 가마 있그라, 이기 우예 돌아가는 기고? 지멋대로 돈 앵기고, 감투 씌우고… 이기 올가미 아이가, 올가미? 우째 겁이 더럭 난다.

- 맞아! 냄새가 아주 쿠려! 비자금 조성하려는 꼼수가 뻔히 보이지 않나…

- 그렇다고 무작정 몬 한다고 나자빠질 수도 없는 거 아이가? 돈부터 받지 말고 돌리보냈어야 하는 긴데, 참말로 잘몬했다. 우짜모 좋노?

- 아, 어딘지 알아야 돌려보내지!

- 택배회사 놈들은 알고 있을 낀데!

- 이 사람아, 택배회사가 무슨 죄가 있나? 수표야 안 찾

고 증거품으로 보관하고 있으면 되는 거고… 아, 하느냐 마느냐 그것이 문제로다!

– 글쎄 말이다… 이거 잘 따져봐야겠는걸…

따지고 보면 국장 말은 하나도 틀린 것이 없었다. 한창 나이에 죽은 친구를 재조명하는 것은 백번 반갑고 고마운 일이고, 그 친구에 대해서는 젊은이들보다는 우리가 잘 아는 것도 틀림없는 사실이고, 나라에서 미술 한류를 적극 후원한다는 것은 천번 만번 감격스러운 일이고… 그랬다. 그런데…

화백들은 진지한 의논을 시작했다.

정치와 미술 이야기, 나치시대 예술가들의 목숨을 건 고뇌, 아주 조그만 흠집 때문에 존재자체를 완전히 매도당하는 친일 예술가들의 슬픔… 그렇다고 지금 나라가 식민지시대도 아니고, 군사독재시대도 아닌데… 평양감사도 저 싫으면 그만이라고 뻗댈 수만도 없는 노릇이었다.

그럼에도 불구하고, 문제는 왠지 썩 내키지가 않는다는 거였다. 뭐라고 꼭 찝어 말할 수는 없지만, 어딘가 냄새가 유쾌하지 않았다. 그래서 자연히 갑론을박이 길어졌다.

– 골동품이 되느냐, 고물이 되느냐 기로에 서 있는 우리가, 이제 앞으로 살 날도 길지 않은 우리가 돈의 올가미와 감투의 무게를 견딜 재간이 있느냐?

– 아니다, 이것이 그렇게 못 할 짓이냐? 곰곰이 생각할

필요가 있다, 정치라면 무조건 멀리 하는 것이 과연 옳은
자세냐?

– 아니다, 난 공무원이라면 무조건 두드러기가 돋는다,
감투 쓰는 거 난 안 할란다.

– 우리 양심에 걸고 할 수 있는 선까지만 협조하면 되는
거 아닐까?

– 그 선이 어딘데? 무슨 기준으로 정할 건데?

– 먼 훗날 역사가 우리를 어떻게 평가할지를 생각해보자.

– 훗날? 그 훗날이 언젠데? 역사란 늘 변화하는 생물이
다.

– 그냥 친구 생각에만 최선을 다하면 되는 거 아닌가?
무리한 요구는 단호하게 거부하고.

– 돈을 받으면 그게 뜻대로 될 수 없다, 돈이 얼마나 무
서운데…

– 다른 사람들은 이런 일 서로 맡겠다고 난리칠 텐데?

– 아무튼 이런 일 때문에 우리의 우정이 망가지면 안 된
다.

– 그야 당연한 일이지!

– 하느냐 마느냐 그것이 문제로다!

– 각자 자유롭게 자기 하고 싶은 대로 하자.

– 그건 안 된다, 우리의 도원결의를 깨면 안 된다.

– 결의보다 자유가 더 중요하다, 우리는 자유인들이다!

- 아니다, 자유와 방종은 엄연히 다르다!

- 밥이나 먹고 계속하자. 다 먹고 살자는 짓인데…

- 그 말이 옳다.

- 동의, 재청이요!

금강산도 식후경이라, 세 사람은 그 자리에서 짜장면을 배달시켜 먹었다. 물론 탕수육과 빼갈도 곁들였다. 전화 한 방으로 만사 해결! 감탄할 정도로 편리한 세상이 되었다. 배달민족 만세!

잠깐! 혹시 미술도 이렇게 편리해진 건 아닐까? 전화 한 방이면 철가방이 피카소 그림을 대령하는 세상이 오는 것은 아닐까? 하긴 지금도 새앙쥐(마우스) 몇 번 깔짝깔짝 움직이면 컴퓨터 화면에 동서고금 세계 명작들이 주르르 대령하는 판이지만…

그런 생각을 하며 밥을 먹으니 소화가 제대로 될 리 만무했다. 그래도 배가 부르니 생각도 많아지고, 토론도 격렬해졌다.

먼저 미술사학자 장학도 박사가 냉수를 한 모금 마시고는 입을 열었다.

- 아무리 봐도 그 국장이라카는 자가 이상하지 않나? 생각할수록 여러 가지로… 신분도 안 밝히고, 계획이 겁도 없이 거창하고, 하루 이틀에 될 일도 아닌데 급하게 밀어붙이고…

그림 그림자

그라고, 진짜 우리 친구의 작품인지도 자세히 못 봤고⋯ 내는 자세히 몬 봤는데, 당신들은 꼼꼼히 봤드나?

– 거기 놓여 있는 것만 대충 훑어봤지 뭐⋯ 국장이란 놈이 혼자서 떠드는 바람에⋯

– 아이구, 나는 눈물부터 나는 바람에 제대루 못 보겠더라⋯

– 나랏일이라 카는 바람에 우리가 너무 쫄았던 거 아이가?

다양한 의견이 다시 이어졌다. 어느새 밤이 이슥했는데도 토론은 끝이지 않았다. 늘 이런 식이었지만, 오늘은 더했다.

추상화 교수가 머리를 절레절레 흔들며 목청을 돋구었다.

– 에, 나는 말씀야, 곰곰이 생각을 해봤는데 이 프로젝트를 거절할 이유가 없다고 생각해.

우리가 양심을 팔아서 없는 일을 지어내거나, 아닌 걸 기라고 하면서 돈 욕심으로 일을 한다면 그건 절대 용서할 수 없는 것이지만, 있는 작품에 다시 관심을 가지게 하는 기회를 주고, 함께 공부했던 친구들로서 한 작가의 인간됨을 아는 한도 내에서 드러내주는 것이야 당연하면 당연하지 뭐가 잘못인가?

– 거기까지는 내도 마 동감이다! 하지만도 '한류를 만들

기 위해서'란 목적을 가지고 한다 카는 기 영 말이 안 되는 기라! 그런 목적을 가지고 순수하게만 할 수 있겠나? 마, 우리들은 양심을 지키면서 참말로 순수한 마음으로 했다, 참말로 한류를 만들어볼라꼬 최선을 다했다 치자. 사람들이 우리가 참으로 순수했다고 믿어주겠나? 엉? 게다가 돈까지 받았으이…

두 사람의 말을 듣고 있던 조각가 설양지 교수가 실눈을 뜨고 자못 진지한 얼굴로 말했다.

– 두 사람 말이 다 조금도 틀리지 않다고 생각해… 하지만 '구더기 무서워 장 못 담나'라는 말도 생각해봐. 설령 우리가 이 일을 못 하겠다고 끝까지 고사하면 이 프로젝트는 무산되고 말까? 그렇게 접어버리고 말 일이 아니라고 생각해. 누군가 다른 사람을 찾아 맡기거나, 시작이 쉬운 또 다른 사람, 또 다른 방법을 찾으려고 할 테고 결국 '미술 한류 프로젝트'는 어떻게든 추진될 거야. 정권이 그런 생각을 구체화한 이상 불도저처럼 밀어부칠 건 불 보듯 훤하다고 봐… 그러면 그 결과로 생기는 긍정효과는 무엇이고 부정적 결과는 무엇일까? 우리는 먼저 그 점을 충분히 생각하고 검토해야 하지 않을까? 그런 다음에 한다면 어떻게 하는 것이 좋을지, 안 한다면 어떻게 하는 것이 현명할지 결론을 찾아보는 게 좋을 것 같은데… 어때?

– 그래, 그렇게 하는 게 좋겠어. 젠장, 그런데 그놈의 돈

만 안 보았어도 마음이 편할 텐데… 억 소리 나는 돈을 보고나니 영 맘이 불편하고 이빨에 고기 낀 것처럼 신경이 있는 대로 곤두선 기분이야… 안 그래?

추 교수가 베레모를 매만지며 하는 말을 장 박사가 시니컬한 목소리로 받았다.

– 고기가 낀 기 아이라 낚시 바늘이 통째로 꿴 기분이다! 이기 쉬 뺄 수도 없고, 이젠 잘 몬하모 죽을 수도 있는 긴데… 내는 아무래도 내키지 않는구마…

– 허허 그것 참, 국장이라는 자는 금방이라도 대답을 하라는 투였잖나? 이거 고민이네…

– 나랏일이니까네 잔소리 말고 무조건 협조하라 카는 그런 태도부터 내는 맘에 안 드는 기라! 예술가가 무슨 즈그들 종놈이가!

– 잠깐… 그런데 말이야… 죽은 우리 친구는 이 일을 어떻게 생각할까? 우리가 전설을 만들어주길 원할까, 아닐까?

– 글쎄? 그거 참 어려운 문제로구먼…

결국 결론을 내지 못했다. '눈앤손앤가슴' 연구소의 모든 중요한 일은 만장일치로 결정하는 것을 원칙으로 정했기 때문이었다. 어지간한 일에는 손쉽게 만장일치가 이루어지곤 했는데, 이번에는 좀 달랐다.

*

    그렇게 결론을 못 내고 미적거리며 며칠이 지나갔다. 그런데도 '갤러리 공'의 재클린 공 여사나 국장이라는 자로부터도 아무런 연락이 없었다. 당장 정하라고 그렇게 다그치더니…

    그러던 어느 날 재클린 공 여사가 연락도 없이 '눈앤손앤가슴' 연구소로 찾아왔다. 절인 배추처럼 풀이 잔뜩 죽은 모습이었다. 뭔가 이상했다.

    - 선생님들, 어쩌면 좋아요? 저 좀 도와주세요.

    공 여사가 의자에 털썩 주저앉으며 울먹이는 목소리로 늘어놓기 시작했다.

    - 어쩌면 좋아요? 우리 국장님이 갑자기 더 중대한 나랏일을 맡게 되는 바람에 계획이 일단 보류됐대요.

    추상화 교수가 버럭 화를 내며 소리쳤다.

    - 뭐가 어째요? 당장에 밀어 붙일 것처럼 서둘더니!

    설양지 선생도 다급하게 물었다.

    - 그럼 미술 한류 계획이 없어졌다는 거요?

    - 계획이 없어진 것은 아니고요, 후임자가 추진하는데… 작가가 바뀔 것 같대요. 윗분께서 작품 사진을 보시더니 무슨 그림이 이렇게 우중충하냐고 한마디 하셨대요. 그래

서 다른 작가로… 선생님들도 잘 아시는 대로 정치판에 잘 보일려고 알랑거리는 작가가 한두 명이 아니잖아요! 어쩌면 좋아요? 국장님만 믿고 큰 돈을 투자했는데…

– 얼라들 장난도 아니고 이기 무슨 짓이고!

장학도 박사가 씩씩거리며 소리쳤다.

– 우리나라 정치판이 늘 그렇잖아요? 온 나라를 뒤엎을 듯 거창한 계획도 하루아침에 바뀌어버리고… 문화정책은 더 그렇죠 뭐… 그러니, 전 어쩌면 좋아요? 엄청난 돈을 쏟아 부었는데… 어쩌면 좋아요.

원로 미술가들은 어이가 없고, 흥분해서 어쩔 줄을 몰랐다. 그리고 단호하게 말했다.

– 걱정 마이소! 나라가 안 하모 우리가 할 끼다! 도대체 예술을 밀로 아는기가, 엉!

– 그래, 우리가 하면 되지! 우리가 최선을 다해 친구의 작품을 재평가하구, 필요하면 전설도 만들 테니, 걱정 마슈!

– 공 여사, 그 국장이라는 자에게 똑똑히 전하세요! 문화는 있어도 좋고 없어도 그만인 장식품이 아니라고! 겉만 번지르르 처바르는 화장품이 아니라고! 김구 선생 말씀도 모르느냐구, "내가 진정으로 원하는 것은 문화가 살아있는 나라다"라는 말씀도 모르느냐구! 똑바로 전해요!

당장 가서 전해요! 당장!

바람 그림자 살인사건

서울은 두 얼굴의 도시다. 찬바람이 분다. 그림자도 없는 차디찬 바람이…

큰길가는 번쩍이고, 뒷골목은 캄캄하다. 해가 지면 그 대비는 한층 또렷해진다. 큰 길만 걸어 다니다가, 어쩌다 뒷골목에 들어오면 감당하기 어려운 배신감을 느낀다. 캄캄해서 그림자마저 사라져버리고 없다. 비정하고 불공평하다.

대한민국의 심장 서울은 그런 두 얼굴의 도시다. 심장이 그러하니 온 몸이 다 그러하다. 우리네 인생도 그렇겠지. 혹시 예술이라는 것도 그런 것 아닐까? 인간이 만든 것은 다 그렇겠지.

깊은 밤 캄캄한 뒷골목의 바람은 차다. 찬바람을 맞으니 술이 좀 깨는 것 같다. 둘러보니 너무 캄캄해서 아무 것도 보이지 않는다.

어, 내가 왜 여기 있는 거지?… 오줌 누러 갔다가, 뒷문으로 잘못 나온 모양이로군, 허허 그것 참!

추상화 교수는 군시렁거리며 두리번거렸다. 어두워서 정말 아무 것도 보이지 않는다. 아무 것도 없다. 기분 나쁘게 조용하다.

허허, 이 친구들이 기다리겠구먼… 가만있자 내가 어디로 나왔지? 나온 곳을 모르니 돌아갈 수가 있나… 도대체 뭐가 보여야 말이지…

시청률이 깜짝 놀랄 만큼 잘 나왔다고 호들갑을 떨며 TV 방송국 사람들이 한 턱 쏜다며 만든 술자리였다. 얻어먹고 받는 것을 지극히 당연하게 여기는 갑(甲)인 텔레비전 쪽에서 한 턱 낸다는 것은 여간해서 드문 일이라고 들었다. 녹화가 끝났으니 집에 가서 발 닦고 쉬고 싶은 생각이 굴뚝같았지만, 담당 피디는 물론 국장까지 나온 판이니 차마 매정하게 거절할 수가 없었다.

– 교수님 완전히 뜨셨습니다. 완전히 스타예요, 인기 스타! 자, 한 잔 받으시죠! 솔직히 저희는 상상도 못했습니다. 미술 이야기로 두 자리수 시청률이 나오다니! 그것도 골치 아픈 현대미술 이야기를 주로 하는데… 선생님 참 대단하십니다, 대단해요!

미술대학 제자인 담당 피디가 흥분해서 떠들어대며 신나게 마셨다. 구색 맞추기로 만든 프로그램이, 그것도 처음 맡은 프로그램이 졸지에 떠버렸으니 흥분할 만도 했다.

– 이게 다 추 교수님이시니까 가능한 일이지! 정말 재미있습니다, 유익하고! 두 마리 토끼를 한 번에 잡은 셈이죠, 대박입니다, 대애바아악! 현대미술이 그렇게 재미있는 줄을 정말 예전에는 미처 꿈엔들 몰랐습니다. 자 한 잔 시원하게 하시죠!

추 교수 앞에 술잔이 자꾸만 쌓였다. 폭탄준지 뭔지 하는… 아니 어뢰폭침주라고 그랬나? 원자탄주라고 그랬나?

– 연장 방송 결정될 것 같습니다, 교수님. 지금 같은 시청률로 쭉 간다면 무기한 연장방송 틀림없어요! 축하합니다! 그런 뜻에서 한 잔 받으시죠, 교수님! 우리의 추상화 교수님을 위하여!

– 야야, 교수님 피곤하시겠다, 녹화하느라 피곤하셨을 텐데. 자자, 빨리들 마시고 끝내자! 자 교수님 마지막으로 한 잔 드시죠.

말은 그렇게 하지만 쉽게 끝날 것 같지 않았다. 가만히 보니 추 교수를 핑계로 자기들이 회사 돈으로 마음껏 마시자는 수작인 것 같기도 했지만, 어쩌다 있는 일일 텐데 타박할 필요도 없을 것 같았다. 그러다 보니 자꾸만 길어지고 술병은 쌓여 갔다.

허허 이 친구들 걱정 많이 하겠는 걸… 내가 어디로 나
왔지? 나온 구멍을 알아야 도루 들어가지.

자꾸만 게슴츠레 감기는 눈을 부릅뜨고 살펴봤지만 나
온 문을 찾을 수가 없었다. 온 사방이 캄캄하고 죽은 듯 조
용했다. 큰길은 너무 밝고 요란해도 뒷골목은 캄캄하고 고
요하다. 그것이 서울이다.

이거 무슨 놈의 세상이 이렇게 캄캄하노? 세금 받아 갔
으면 가로등이라도 켜놓을 것이지… 망할 것들…

추 교수는 자기가 나온 문을 찾고 또 찾아 헤맸다. 식은
땀이 흐르고, 술이 깨는 것 같았다.

그 때였다. 바로 그 때였다.

저 쪽에서 여자의 날카로운 비명소리가 어둠을 찢으며
들려왔다. 칼로 찢는 듯한 비명소리가.

추 교수가 본능적으로 그쪽으로 몸을 돌렸을 때, 쿵 소
리가 들리고, 무언가가 바람을 가르며 휘익 사라져버렸다.
아무 것도 보이지 않았다. 그러나 소리와 공기의 미세한
흔들림으로 방향과 움직임을 어렴풋이 감지할 수 있었다.
그뿐이었다. 바람처럼 휘익!

추 교수가 더듬더듬 비명 소리 난 쪽으로 갔지만 캄캄했
다. 아무 것도 보이지 않았다.

뭔가 물컹 밟히는 듯했다. 깜짝 놀라 주머니에서 라이터
를 꺼내 불을 켰다. 일렁이는 작은 불빛 안에 한 젊은 여자

가 드러났다. 쓰러져 있었다. 피를 흘리고 있었다.

어이, 이거 봐요! 무슨 일이요? 어서 일어나요!

그러나 잠잠했다. 신음소리도 없었다.

요염한 얼굴이었다. 떨리는 손으로 불빛을 아래로 옮기니, 곧게 뻗은 다리와 허연 허벅지가 드러났다. 꼼짝도 하지 않았다.

주위를 돌아봤지만 아무 것도 보이지 않았다. 바닷속처럼 무겁게 조용했다. 이런 젠장!

추 교수는 순간적으로 생각했다. 그냥 못 본 척 하고 말 것인가, 선한 사마리아인이 되어 도움의 손길을 내밀 것인가? 잘못 끼어들었다가 골치 아픈 일이 생길 수도 있을 텐데…

그러나 추 교수는 동방예의지국에서 사람답게 살려고 애쓰는 착한 사람이었다. 피를 흘리며 쓰러져 있는 여자를 못 본 척 할 수는 차마 없었다. 본 것은 본 것이다. 화가의 눈으로 엄연히 본 것을 못 본 것으로 무시할 수는 없었다. 그는 화가였다.

주머니를 뒤져 휴대전화를 꺼냈다. 열었다. 화면에 불빛이 켜졌다. 눈부시게 밝았다. 어둠이 깊으니 작은 빛이 그렇게도 찬란했다.

119를 눌렀다, 신호가 간다…

바로 그 순간이었다.

휘익 바람소리가 들리는듯 싶더니, 뭔가 둔탁한 것에 뒷통수를 맞은 추 교수는 쓰러져버렸다. 추 교수는 나무토막처럼 쓰러져 여자를 덮치며 넉부러졌다. 물컹했다.

그리고 한 대 더 맞은 것 같다.

그리고 휘익 바람소리가 들린 것 같다, 아스라이…

*

- 부장님, 병원에 좀 가봐야겠습니다. 여자가 죽었답니다.

- 여자? 어떤 여자?

- 어제 밤 길바닥에서 칼 맞은 여자 말입니다.

- 그 여자 신인 탤런트라고 그랬나? 그 근처 룸싸롱에서 나왔다구 했지? 이봐, 그 사건 말이야. 기자들 안 꼬이게 단단히 신경 써! 거 언론이 뻥튀기하기 시작하면 아주 골치 아프다구. 요새 언론이란 것들 어찌나 제멋대로 소설들을 써대는지.

- 그건 좀 어렵겠는데요. 피해자가 명색이 탤런트인데다가 현장에 있었던 추상화 교수도 워낙 유명해져서, 티비에 나오는 바람에… 게다가 어젯밤 추 교수는 티비 방송국 사람들과 술을 마셨거든요, 그러니…

- 아무튼 최선을 다해서 막으라구! 그런데 그 양반은 왜

여자 위에 널부러진 거야? 노인네가 추하게스리! 그림이
아주 묘하잖아! 기자들 입맛에 딱 맞게 돌아가잖아 이거!

  - 병원에 간 길에 추 교수도 다시 만나고 오겠습니다.

  - 철저하게 하고 있는 거지?

  - 네, 할 수 있는 건 다하고 있습니다. 피해자 옷 지문 감
식, 피해자가 소속돼 있던 연예사무실도 조사하고 있고,
추상화 교수도 다그치고 있고…

  - 증거품은? 현장에서 뭐 나온 거 없어?

  - 특별히 없는 데요… 다시 한 번 알아보겠습니다.

  - 이봐 범인 빨리 잡아야해! 한시가 급해! 자네도 잘 알
다시피 집중단속 기간인데다가, 더구나 선거철 아닌가!
선거철이란 말이 무슨 뜻인지 자네도 잘 알지? 곧 실적보
고도 해야 하고… 젠장, 철저하게 실적으로 우리를 평가하
겠다잖아, 고기 근수 저울에 달듯이 우리를 실적으로 평가
하겠다 이거라구! 이봐, 전환기 형사, 자네 덕에 나도 출
세 좀 해보자고! 그리구 말이야, 이 사건 냄새가 좀 심상
치 않아! 대단히 쿠려! 오래 끌면 재미없을 것 같다구!

  - 명심하겠습니다.

                              *

  전환기 형사가 시체를 확인하고, 추 교수가 있는 병실에

들어섰을 때, 추 교수는 머리에 붕대를 감은 모습으로 병원 침대에 앉아 바나나를 먹고 있었다. 상태가 그렇게 심각한 것 같지는 않아 보였다.

방송국 담당 피디가 초조한 표정으로 침대 주위를 서성이고 있었다.

- 교수님, 정말 녹화엔 지장 없으시겠습니까? 프로그램 펑크 나면 정말… 한창 상승세를 타고 있는 판인데…

- 허허, 걱정 말라니까 그러네!

- 저 좀 살려주세요, 교수님. 이 프로그램 무너지면 저는… 이게 제 첫 작품인데…

- 휠체어 타구라도 출연할 테니 걱정 말게… 의사 선생도 오케이할 꺼야! 어때 휠체어 타구 출연하면 더 감동적이지 않겠나? 시청률도 팍 올라갈 테구 말이야. 생각해봐, 머리에 붕대를 감은 늙은 교수가 휠체어에 앉아서 잭슨 폴록 그림을 설명한다, 그리구, 아픈 몸을 이끌고 시청자들과의 약속을 지키기 위해 어쩌구 하는 자막이 확 뜨는 거야. 어때 그림 멋있지 않나? 이번 프로가 잭슨 폴록과 이우환 차례 맞지?

- 제발 꼭 부탁드립니다. 그런데 교수님, 웃으실 일이 아니에요. 기자들이 아주 난립니다, 난리! 어쨌든 교수님이 젊은 탤런트와 현장에 같이 있었던 것은 사실 아닙니까? 그것도 덮친 상태로…

- 무슨 소리! 난 단순한 목격자야, 피해자구! 보면 모르나?

- 세상이 그렇게 착하지 않으니 문제죠. 이 사건 자칫하면 무지하게 복잡하고 더럽게 꼬일 수도 있어요. 요새 신인 여자 탤런트가 의문의 죽음을 당했다하면 온통 세상이 뒤집어지는 거 모르세요! 더구나 술집에서 나와 칼 맞았다니…

- 아 글쎄 난 목격자요, 피해자라니까 자꾸 그러네! 하긴 뭐 엄밀하게 말하자면 목격자도 아닌 셈이지. 캄캄해서 아무 것도 안 보였으니까…

- 현장에 계셨다는 게 중요한 거예요. 그것도 젊은 여자 위에…

- 아무튼 녹화는 차질 없이 할 테니, 걱정 말고 준비나 철저히 하라구, 알겠나!

전환기 형사가 병실로 들어서자, 담당 피디는 호기심으로 눈을 반짝였다. 혹시 무슨 특종이라도… 그러나 곧 쫓겨나고 말았다.

- 아 글쎄 몇 번이나 말해야 알아듣겠소. 너무 캄캄해서 정말 아무 것도 보이지 않았다구, 그저 휘익 하고 지나가는 바람 그림자밖에 기억나는 게 없어… 난 피해자야, 피

그림 그림자

해자! 그런데… 나보구 범인 몽타주를 그려 달라구? 지금 그걸 말이라구 하는 거요? 아무 것도 본 게 없는데 뭘 어떻게 그려? 그리구, 난 순수 추상화가요, 추상화가! 몽타주 같은 건 그릴 줄 몰라!

- 교수님은 현장에 있었던 유일한 목격자입니다.

- 엄밀하게 말하자면 목격자도 아니지. 캄캄해서 아무 것도 못 봤으니까… 그저 우연히 현장에 있다가 날벼락 맞은 피해자일 뿐이지…

- 협조해주시죠. 부탁입니다. 교수님은 화가시죠, 그것도 유명한? 화가가 그림을 못 그린다는 게 말이 된다고 생각하십니까?

- 화가도 화가 나름이지. 난 순수추상화가요! 사실적인 건 그릴 줄 몰라!

- 보통사람들보다는 날카로운 관찰력이나 상상력이라는 것도 있지 않습니까, 화가시니까?

- 이거 봐요, 미술이라는 건 말씀이지… 에, 특히 추상화는 창의력을 생명으로 삼아 내면과 사상을 표현하는 예술 형식이지, 외적 형상을 묘사 재현하는 기술이 아니란 말이요. 아 물론 전문적으로 말하자면, 추상미술은 주관성과 개별성의 한계를 극복하는 일이 어려워서 작가와 관객의 간격을 벌리고, 소수의 취향주의에 의존하는 양상을 보이는 것이 문제점이긴 하지.

- 강의 잘 들었습니다. 그러나 지금 미술강의보다 시급한 것은 범인을 잡고, 교수님 결백도 증명하는 일입니다. 범인을 한시라도 빨리 잡아야 교수님의 결백도 증명됩니다.

- 아참, 답답해 미치겠네! 뭘 본 게 있어야 그리던지 말던지 하지

- 이거 보세요, 추상화 교수님! 아직도 사태의 심각성을 모르시겠습니까? 교수님은 현장에 있었던 유일한 사람이고, 죽은 사람은 신인 탤런트고, 요새 한창 유명해진 교수님은 그 여자 위에 널부러진 상태로 발견되었고… 그런데, 교수님의 증언은 완전히 추상적으로 중언부언… 조서도 작성할 수 없을 정도예요.

- 사건 현장 자체가 완전 추상인 걸 낸들 어쩌겠소! 아무 것도 보이지 않고, 바람 그림자만 휘익… 그게 전부라니까

- 교수님, 범인이 잡히지 않으면…

- 가만…! 설마… 지금 날 의심하는 게요?

- 아닙니다. 분명히 말씀드립니다만, 저는 교수님의 결백을 믿습니다. 알리바이도 확실하고, 증인들의 말도 믿을 만 하고… 그리고 전 교수님 프로그램 애청자거든요. 녹화를 해서라도 빼지 않고 꼭 봅니다. 다만…

- 다만… 뭐요?

– 왜 뒷문으로 나가셨는지…?

– 그거야 술이 너무 취해서…

– 술이 취했다고 다 뒷문으로 나가는 건 아니죠. 여러 분이 함께 술을 마셨지만 뒷문으로 나간 건 교수님뿐입니다. 보통사람들은 뒷문이 있다는 것조차 모릅니다. 그게 정상이죠… 그리고… 왜 여자 위에 쓰러지셨는지도…?

– 뭔가에 얻어맞아서 정신을 잃고 쓰러졌다니까… 여기 이 상처를 보고도 그런 소리를 하다니!

– 휘익 하는 바람 그림자에 맞아서 쓰러지셨다? 이런 말씀은 드리고 싶지 않습니다만… 의사 말이 교수님 무게에 눌려서 여자가 죽었을 가능성도… 완전히 배제할 수는 없다고 하더군요. 그 큰 덩치로 덮쳐눌렀으니…

– 뭐야! 그래서 날더러 어쩌라는 거요?

– 범인이 잡히면, 교수님의 결백도 완전히 밝혀지겠죠? 그러나 범인이 빨리 잡히지 않고 사건이 장기화되고… 언론에 온갖 추측성 기사가 난무하면 교수님 체면도…

– 알겠소… 우리 연구소 동지들과 의논해 보리다. 난 실력이 모자라서 추상화밖에 못 그리지만 내 친구들은 그림을 매우 잘 그리니까… 관찰력이나 추리력, 상상력도 무척 뛰어나구… 그런데, 이번 주 녹화 끝내고 하면 안 되겠소?

– 한 시가 급합니다.

– 알았소. 내 친구들을 불러 주시게…

밖에서 초초하게 기다리고 있던 '눈앤손앤가슴조형연구소' 동지들이 허겁지겁 들어왔다.

*

아무리 머리를 맞대고 지혜를 쥐어짜도 뾰죽한 수는 나오지 않았다. 마치 도돌이표 그려진 악보처럼 한참 떠돌다가 제자리에 와있곤 했다.

　─ 이 사람아, 정말로 아무 것도 못 본 거야?

　─ 그럼! 정말이지! 이 사람 지금 누굴 놀리나?

　─ 그참 답답하네! 뭐가 있어야 그리지! 휘익 지나가는 바람을 몽타주라고 그릴 수도 없는 일이고…

　─ 그러니까, 우리가 그린 그림을 근거로 범인을 잡겠다면… 그러니까, 한 장의 그림이 한 인간의 인생을 좌지우지할 수도 있다는 이야기 아닌가? 이 사건의 경우는 살인범이니까 목숨이 오락가락할 수도 있겠네, 그림 한 장으로 말이야… 그림의 힘이 이렇게 구체적으로 막강할 수 있는가, 그림의 힘이…

　─ 그러니 더욱 거짓말을 할 수 없지! "정직하자"가 우리의 신조 중의 하나 아닌가? 사실대로, 있는 그대로 그릴 수밖에…

　─ 사실? 사실이 뭔데?

– 휘익 하는 바람 그림자…

– 그걸로 범인을 잡겠다구?

– 여보게들, 어떻게든 그려보세… 조짐이 영 좋지 않아! 형사 말로는 말이지… 내가 덮쳐누르는 바람에 여자가 죽었을 가능성이 크다나… 뭐 그런 식으로 은근히 협박을 하네…

– 그건 그럴 수도 있겠네 그려…

– 내가 왜 젊은 여자 위에 있었지?

– 이 사람아 그걸 왜 우리에게 묻는 거야!

– 나도 뭐가 뭔지 모르겠으니… 이거 원, 귀신에 홀린 것도 아니고…

세 사람은 한참을 아웅다웅 티격태격 설왕설래 갑론을박 콩이야 팥이야를 거듭한 끝에 결국 한 장의 그림을 그려냈다.

그것은 추상화였다. 검은 화면 위를 휘익 지나가는 바람의 그림자를 그린 추상화… 작품으로는 아주 그럴듯한… 싸인을 해서 액자에 넣으면 제법 좋을…

그 몽타주를 받은 전환기 형사는 쓰게 웃으며 말했다.

– 선생님들 현실은 추상이 아닙니다.

– 그러니 어쩌겠소? 그것이 우리가 그릴 수 있는 사실의 전부요! 거짓말을 할 수는 없는 일이고…

– 제가 알고 싶은 건 사실이 아니고 진실입니다, 진실!

*

그 무렵 이미 냄새를 맡은 언론들이 꿈틀대기 시작했다. 연예신문에 죽은 신인 탤런트의 사진이 대문짝만하게 실리고, 선정적 제목의 추측성 기사가 소설처럼 펼쳐졌다. 아예 추리소설을 쓴 곳도 있었고, 범인을 잡지 못하는 경찰을 준엄하게 꾸짖는 칼럼을 실은 신문도 있었다. 한 신문이 이 사건을 '바람 그림자 살인사건'이라고 부르자 다른 매체들도 일제히 받아썼고, 사이버 세상으로 먹구름처럼 무섭게 퍼져 나갔다. '바람 그림자'가 1위의 검색어로 떠오르기도 했다. 겁나게 무서운 속도였다. 머지않아 곧 천둥이 치고 폭우와 함께 태풍이 몰아칠 것이다.

범인을 빨리 잡지 않으면 안 된다.

기자들이 '눈앤손앤가슴조형연구소' 주위를 맴도는 통에 밥 먹으러 나가기도 힘들 지경이었다.

그런 와중에도 추상화 교수는 예정된 녹화를 강행했다. 잘 못한 게 없는데 뭐가 문제냐, 피하는 것이 오히려 일을 키울 것이다 라고 큰 소리를 쳤지만, 그 때 긴박하고 아슬아슬했던 순간들을 생각하면 지금도 아찔해진다.

　　　　　　　　　　　　그림 그림자

우리의 스타 추상화 교수는 자신의 말대로 다친 머리를 빵떡모자로 가리고 휠체어를 탄 채 녹화를 강행했다. 만약의 경우 강의를 하다가 쓰러지면 곤란한 일이고, 그렇다고 내내 앉아서 하면 화면에 그림이 제대로 안 나올 것 같아서 휠체어를 탔다. 붕대를 감은 머리를 드러내는 것은 너무 신파조 같아서 모자로 가리기로 했다. 그야말로 필사의 노력이 고스란히 전해지는 감동적인 열강이었다. 어디서 그런 열정이 나오는지… 옆에서 지켜보는 '눈앤손앤가슴' 동지들과 방송국 관계자들 모두가 녹화 내내 손에 땀을 쥐었다. 만약의 경우를 위해 대기 중인 의사는 더 조마조마해 했다. 그렇게 아슬아슬하게 녹화를 끝냈다.

녹화가 끝나자 동지들은 기진맥진한 추 교수를 감격스럽게 껴안았다. 그의 온 몸은 땀에 흠뻑 젖어 있었다. 방송국 친구들도 서로 껴안으며 만세를 불렀다. 무슨 올림픽 금메달을 따거나, 월드컵 결승전에서 역전승이라도 한 것 같은 감격…

그리고 방송은 다음날 저녁 전파를 탔고, 시청률은 인기 드라마 수준으로 껑충 뛰었다. 폴록의 물감 뿌리기와 이우환의 점찍기에 사람들이 그렇게 흥미를 가진다니 참 신기한 일이었다. 물론 강사가 한창 화제의 중심에 서 있는 인물이라는 점이 더 크게 작용했겠지만…

연구소에서 방송을 지켜본 '눈앤손앤가슴' 동지들은 개

선장군(?) 추상화 교수에게 진심으로 뜨거운 박수를 보냈다. 추상화 교수도 한껏 기분이 좋아졌는지 큰 소리로 말했다.

– 어이, 한 잔들 어때?!

– 허허 이 사람 보게, 당신은 아직 환자야, 환자!

– 그런가? 그래도 한 잔 정도야…

– 이 친구 술타령 하는 걸 보니 어지간히 나은 모양이로구먼! 아무튼 축하하네, 축하해!

방송이 시작되자마자 울리기 시작한 전화벨 소리는 방송이 끝나도 그치지 않고 줄기차게 울려댔다. 기자들의 전화, 시청자들의 감사 전화, 아는 사람들의 축하 전화… 또는 장난 전화도… 넋이 빠질 지경으로 시끄러워 아예 코드를 뽑아버렸다. 전화가 죽자 조용해졌다.

조용하니까 살 것 같구나 하는 순간 추상화 교수의 휴대전화가 비명을 질렀다. 경찰서였다.

피해자의 휴대전화에 들어있던 전화번호를 철저하게 조사해서 몇 명의 용의자를 잡아났으니, 와서 확인해 달라는 거였다. 밖에 기자들이 지키고 있을 테니 경찰차를 보냈다, 곧 도착할 테니 그리 알라는 일방적인 통보였다.

– 젠장, 과학적으로 하지 않고 왜 자꾸 오라가라 하는 거야! 과학 수사라는 거 많잖아, 지문 대조라든지…

그림 그림자

*

수사관이 시키는 대로 작은 방에 들어가 앉았다. 유리창
으로 건너편 방이 들여다보였다. 저쪽에서는 이쪽이 보이
지 않으니 안심하라고 담당 수사관이 친절하게 일러주었
다.

건너편 방에 용의자들이 하나씩 들어와 서 있다가 나갈
것이다, 그 중에서 범인을 지목해 달라, 당신이 현장에 있
던 유일한 목격자이니 당신은 협조할 의무가 있다. 수사관
은 사무적으로 건조하게 말했다.

지문 대조 같은 과학 수사를 하지 않고 이게 무슨 짓이
냐고 거칠게 항의했지만, 그건 수사비밀이기 때문에 대답
할 수 없다고 수사관은 말했다.

손자뻘 되는 젊은 아이들이 한 명씩 들어와서 정면, 두
측면, 뒷면을 보여주고 나가는 일이 되풀이 되는데, 하나
같이 잔뜩 겁먹은 표정으로 떨고 있었다. 아무리 봐도 비
슷비슷한 것이 그 놈이 그놈 같았다.

이어서 "바람소리를 들려드리겠습니다, 잘 들어주시기
바랍니다. 바람 그림자도 잘 보시구요." 수사관이 건조하
게 말하고, 하품을 했다.

젊은이들이 하나씩 들어와 홍콩 무술영화처럼 휘익 움
직이며 바람소리를 냈다. 희미한 바람소리가 마이크를 타

고 들려왔다.

- 이건 고문이다.

추상화 교수가 신음소리를 냈다. 이건 사람으로서는 못할 짓이다, 해서는 안 될 일이다, 멀쩡한 젊은이들 중에서 휘익 지나간 바람 그림자를 골라내라니, 내가 지목하면 범인으로 몰릴 수도 있다니… 이건 못할 짓이다. 양심상 도저히 할 수 없다. 절대 못하겠다. 땀이 비 오 듯 흐르고 드디어 비명이 터져나왔다.

- 차라리 날 잡아가슈, 날 잡아가!

고문이 끝나갈 즈음 전환기 형사가 들어와, 불쑥 종이 한 장을 내밀었다.

- 아 마침 세 분이 다 계시네요. 이 걸 좀 봐주시겠습니까…

- 이건 또 뭐요?

- 현장을 다시 한 번 점검하다가 찾아냈습니다. 현장에서 좀 떨어진 곳에 휴지 뭉치처럼 떨어져 있었는데… 죽은 피해자를 그린 것 같아 보이는데…

잔뜩 꾸겨진 흔적이 남아 있는 그림 한 장이 비닐봉지에 들어 있었다. 젊은 여자의 웃는 얼굴이 그려져 있었다.

- 이게 그 여자 얼굴이요? 요새 젊은 여자 얼굴은 하두 뜯어고치는 통에 그놈이 그놈 같아서, 원…

– 우리 생각엔 그렇습니다…

– 이걸 범인이 그린 거란 말이지?

– 혹시 단서가 될지도 모르겠습니다만…

– 범인이 그린 거라면… 지문이 있을 거 아니요, 범인의 지문이…

– 이미 감식에 넘겼습니다. 내일쯤 결과가 나올 겁니다. 자세히 좀 살펴봐주세요, 미술가의 날카로운 눈으로…

'눈앤손앤가슴조형연구소' 식구들은 그림을 꼼꼼히 살펴보고 저마다 아주 조심스럽게 의견을 말했다. 한 젊은이의 운명이 달렸을지도 모를 일이니 매사에 지극히 조심스러울 수밖에 없었다.

– 왼손잡이가 그린 거로구만

– 흠, 터치를 보니까 그렇네.

– 제법 잘 그렸는데… 솜씨가 있어… 미술을 좀 배운 것 같은데, 미술학원 같은 데서 말이야… 미술을 안 배웠으면 더 좋았을 솜씬데.

– 맞아 미술학원 냄새가 나는구만… 혹시 입시 미술학원을 찾아보면 무슨 단서라도 나오지 않을까?

– 예끼 이 사람아, 서울바닥에 미술학원이 얼마나 많은데 그걸 뒤져! 다 뒤질려면 10년도 더 걸리겠다.

– 하긴, 해마다 미대 졸업생이 수천 명씩 나오는데, 취직자리는 없으니…

－거 입시학원이라면 어느 쪽 솜씨 같은가? 미대마다 분위기가 다르잖나! 잘 좀 보라구…

－어디 보자… 제대로 많이 배운 솜씨는 아닌 것 같아… 어깨 너머로 좀 배운 것 같구먼…

*

그렇게 요란법석을 떨었지만, 사건은 뜻밖에 싱겁게 끝나고 말았다. 범인이 자수를 한 것이다. 살인의 동기는 흔히 있는 신파조의 사랑타령이었고, 사건은 우발적인 것으로 결론이 내려졌다.

이런 것을 일러 '태산이 요동치더니 쥐새끼 한 마리'라고 한다고 사전에 적혀 있다. 하지만 그 바람에 미술의 근본 문제 한두 가지가 드러난 것은 소득이라면 자그마한 소득이었다.

죽느냐 사느냐

〈1〉

아니, 이건 너무나 평범한데…

정말 뜻밖에도 너무 편안하고 소박한 그림이었다. 일부러 이발소 그림처럼 그린 것 같기도 했다. 누가 그린 것인지 모르고 봤다면 그저 '일요화가'나 미술대학 학생의 작품쯤으로 여겼을 것이다.

손에 들고 있는 사과를 물끄러미 바라보고 있는 초췌한 중년 남자의 모습들. 제목은 「나는 과연 사과일까?」였다.

정말 이것이 지금 세계 미술계 최고 인기스타가 오랜만에 발표한 작품이란 말인가? 그것도 감옥에서 그린 자화상이라니… 온갖 화제를 몰고 다니던 최첨단의 작가가 이런 그림을…?

작품에 붙인 작가의 말도 군더더기 없이 아주 간결했다.

"바닥부터 다시 시작! 미술이란 무엇인가?

태초에 사과가 있었다. 선과 악의 갈림길!"

*

　세계 최고의 슈퍼스타답게 그의 작품은 이번 비엔날레에서도 단연 주목을 받았다. 일찌감치 그랑프리는 따 놓은 당상이라는 평이 지배적이었다. 의미와 흥미와 재주를 고루 조화시킨 이상적인 걸작이라는 평도 있었다. "이런 것이 어째서 미술이냐, 연극이나 무용이지… 쇼 그만 해라!"라는 볼멘 소리가 들리기도 했지만 가볍게 무시되었다. 논쟁이 뜨거울수록 작가의 인기는 올라갔다.

　「싸울아비 또는 죽음의 랩소디」라는 제목의 그 작품의 구조나 메시지는 아주 단순명료했다. 구구한 설명 필요 없이 누구나 척 보면 바로 알 수 있는 작품을 하고 싶었다고 작가는 말했다.

　전시장 바닥에 일본 씨름 스모 경기장처럼 커다란 원이 모래둔덕으로 그려져 있고, 바닥에는 세계 여러 나라의 돈이 깔려져 있다. 그 안에서 두 사람이 결투를 한다. 한 사람은 로마시대 검투사의 모습과 칼을 들고, 다른 한 사람은 영화 「스타워즈」에 나오는 복장으로 빛의 칼을 휘두르는 검객…

　오늘날의 미술작품답게 시각, 청각, 미각, 후각이 총동원되었다. 영롱하고 다채롭게 빛나는 광선이 시시각각 변하며 결투장을 장식하고, 요란한 풍물장단이 울려 퍼지고,

구경꾼들은 기묘한 맛의 사탕을 먹으며 응원했고, 사방에서 살 태우는 냄새가 요란했다.

작가의 작품설명 역시 간결했다. 이전의 전시에서 책 한 권이 될 만큼 장황한 설명을 하던 것과는 딴판이었다.

'인류의 역사는 싸움의 연속이었다. 전쟁 없는 시절은 없었다. 물론 지금도 계속되고 있다. 누가 이길지는 모른다. 그저 죽기 살기로 싸울 뿐… 죽기 아니면 살기다. 우리 인생은… 간단하다. 이긴 자만 역사에 남는다.'

한 평론가는 날카로운 비평으로 작품의 이해를 도왔다. '끝없이 돌아가는 원 안에서 전통과 첨단의 피할 수 없는 대결… 어쩌구저쩌구 콩이야 팥이야 군시렁군시렁….'

결투는 한 시간에 한 번 15분 정도 실제 싸움처럼 치열하고 살벌하게 벌어졌다. 15분은 대단히 긴 시간이다. 작가는 출연하는 검객들에게 엄격하게 요구했다. 최선을 다해 싸워야 한다. 아이들의 칼싸움 장난처럼 보여서는 절대 안 된다. 역사는 장난이 아니다, 전쟁도 장난이 아니다, 라고 거듭 강조했다.

출연하는 검객들은 치열하게 칼을 휘두르며 싸웠다. 물론 사전에 철저하게 합을 맞추고 많은 연습을 거친, 어찌 보면 무용공연 같은 것이었지만, 매우 위험했다. 물론 보험을 든든하게 들었지만, 그건 그만큼 위험하다는 말의 다른 표현인 셈이었다.

공연 때마다 참으로 조마조마 아슬아슬했다. 관계자들은 물론이고, 관람자들도 가슴을 졸이며 바라봐야 했다. 그리고, 그것이 이 작품의 치명적 매력이기도 했다.

걱정하던 일은 비엔날레 마지막 날, 마지막 공연에서 터지고 말았다. 화산처럼 무섭게 터졌다.

관심이 집중된 전시의 대미를 장엄하게 장식하기 위해 작가 자신과 가장 아끼는 제자가 직접 출연, 검객으로 나서서 칼싸움을 했다. 정말 열심히 싸웠다. 역사의 모든 장면들이 모두 그랬듯이 목숨을 걸고 싸웠다. 죽이지 않으면 내가 죽으니까!

풍물 장단이 최고조에 달하고, 빛이 춤추고. 피가 튀고, 살 타는 냄새가 진동하는 가운데 두 검객은 젖 먹던 힘을 다해 싸웠다. 오랜 연습을 거친 두 사람의 결투는 아슬아슬하면서도 장엄하고 아름다웠다. 스크린으로 보는 영화 장면과는 달리 생생한 실감이 넘쳤다. 구경하는 사람들이나 취재진 모두의 탄성과 박수가 터져 나왔다.

그러다가… 일이 터졌다. 끝내 터지고 말았다.

자기도 모르게 흥분한 작가가 힘차게 찌른 칼에 정통으로 맞은 제자 검객이 비명을 지르며 쓰러졌다. 나무토막처럼 풀썩 꼬꾸라져 뒹굴었다. 작가도 놀라서 털썩 주저앉았다. 사람들은 그것도 작품의 한 부분인줄 알고 숨을 죽였지만, 곧 이어 사방에서 비명이 터져 나왔다.

그리고 젊은 검객은 죽었다. 빛의 칼을 휘두르는 첨단의 검객은 죽었다.

사람들의 비명이 터지고, 구급차가 요란한 소리를 내지르며 달려오고, 빛보다 빠른 속도로 병원으로 옮겼지만, 안타깝게도 스타워즈 빛의 검객은 이미 숨을 거둔 뒤였다.

현장을 목격한 취재기자들은 흥분해서 미친 듯이 컴퓨터 자판을 두드려, 긴급속보를 본사로 보냈다. 문제의 장면이 온 세계 텔레비전을 장식했다.

인류의 행위예술 역사상 작품의 현장에서 사람이 죽은 것은 처음이다. 놀라운 일이다. 어쩌면 살인일지도 모른다.

평론가들은 칼끝보다 더 날카로운 글들을 써댔다. 현대미술이 새로운 장을 열었다. 고대의 칼이 첨단의 칼을 무찔렀다, 매우 상징적인 일이다. 이제부터 우리는 역사를 어떻게 해석해야 하는 것일까… 등등…

〈2〉

은밀한 이야기가 떠돌기는 했다. 죽은 제자가 신문에 발표했던 글이 혹시 빌미가 된 것이 아닐까… 라는 쑥덕거림이었다.

죽은 제자가 쓴 글은 「스타 예술가와 연예인」이란 제목의 짧은 글로, 일부 예술가들이 인기를 끌며 연예인처럼 변질되어가는 현실을 비판하고, 미술계 흐름을 좌지우지하며 스타 작가를 만들어내는 자본의 횡포와 승자독식의 일그러진 구조를 염려하는 내용이었다.

이 글이 뜻밖에도 미술계의 공감대를 형성하며 논란의 대상이 되었고, 에스엔에스(SNS)를 통해 무섭게 번져 나갔다. 자기 스승을 정면으로 깐 글이라는 미확인 소문이 번지면서 한층 뜨거워졌다.

하지만, 늘 그랬듯이 그런 뜨거운 관심도 시간이 흐르면서 이내 찻잔 안의 태풍으로 스러져갔다. 새 쓰레기가 묵은 쓰레기를 덮어버리듯 계속 새로운 관심사가 혜성처럼 등장하는 판이었다.

그보다 더 설득력을 갖는 주장은, 미술 한류를 이끌어가는 세계적 톱스타의 명성과 권위가 더 중요했다는 설이다. 우리 사회와 미술계, 정확하게 말하면 탐욕스러운 미술자본이 슈퍼스타를 필요로 했던 것이다. 그래서 필사적으로 보호했다는 이야기…

그런데 정작 문제는 작가 자신이었다. 죽은 제자의 글이 수면 위로 떠오르면서 은근히 괘씸하다는 마음이 들기도 했지만, 그보다 급한 것은 엄청난 악플에 시달리는 일이었다. 날이 갈수록, 먹이를 본 하이에나처럼 독하고 잔인해지는 악담에는 도무지 견딜 재간이 없었다.

그까짓 것 무시하고 안 읽으면 그만 아니냐 라고 할 수도 있겠지만, 무시하고 안 보는 것도 쉬운 일이 아니었다. 하루 종일 뒤통수가 근질거려서 견디기가 어려웠다.

그런 아픔과 고통을 견디면서 비엔날레 작품을 준비해야 했다. 그리고 어쩌면 그런 고통과 아픔이 작품의 밀도를 높이는데 도움이 되었을지도 모른다는 은밀한 쑥덕거림들… 가짜 뉴스 같은…

그리고 또 어쩌면 제자에 대한 섭섭한 마음과 칼질 사이에 무슨 관계 비스무리한 것이 있는 것이 아닐까 하는 미확인 짐작들이 미세먼지처럼 떠돌았다는 이야기…

〈3〉

재판이 시작되고, 온 세상의 관심이 집중되었다. 예술의 자유와 윤리나 사회 규범에 대한 논쟁도 뜨겁게 달아올랐다.

예술계는 그 사건을 뜻하지 않은 실수, 예술 창작 과정에서 돌발적으로 벌어진 사고라고 해석했다. 사람들도 대체로 그 말에 수긍하는 분위기였다. 일부러 죽인 것은 아니라는 건 누가 봐도 분명했다. 선처를 바라는 사회 각계 인사들의 청원서도 산더미처럼 쌓였다.

하지만, 뜻밖에도 작가는 아주 단호하게 말했다. 무죄를 주장해도 충분히 통할 수 있는 분위기였지만 그렇게 하지 않았다.

"긴 말 필요 없습니다. 사람이 죽었습니다. 그 아무리 위대한 예술도 사람의 목숨보다 귀할 수는 없습니다. 예술은 조금이라도 더 좋은 세상을 위해 존재하는 것이라고 믿습니다. 죄값을 치르겠습니다. 벌을 받겠습니다. 솔직히 말씀 드리면, 속으로 이런 생각도 했습니다. 아, 이 작품은 누군가가 죽어야 비로소 제대로 끝날 것 같다, 오늘날의 미술은 실제로 사람을 죽이는 것 말고는 다 해봤다, 가능하다면 내가 그 끝장을 보는 작가가 되고 싶다… 그런 욕망이 제 잠재심리 밑바닥에 있었음을 부인할 수 없습니다. 그러니까, 저는 예술을 빙자한 잠재적 살인자였는지도 모릅니다."

그렇게 작가는 감옥살이를 자청했고, 사람들은 안타까워했다. 눈물을 흘리는 사람도 있었다. 화상이나 컬렉터들은 몹시도 아까워했다.

한 평론가는 이렇게 썼다.

'이 작품은 처음 싸우는 행위로부터 뜻하지 않은 죽음, 재판, 감옥살이까지 전체를 하나의 작품으로 봐야 한다. 행의예술의 극단적 전범을 보여준 작품이다. 비엔날레의 그랑프리를 수여해 마땅하다.'

〈4〉

감옥 측은 작가의 청을 받아들여 그림 그리기를 허용했

다. 작가의 정신건강을 위해 특별히 허용했다. 의료진도 그림을 그리지 않으면 죽을 것 같다는 진단을 내렸다는 설명에 세상은 대체로 납득했다. 마침 교도소장이 그의 팬(?)이었다는 뒷이야기도 있었지만 그건 그다지 큰 문제가 아니었다.

그리고 열린 것이 감옥에서 그린 자화상 몇 점을 모은 전시회였다.

그가 그린 지극히 평범한 자화상들은 매우 비싼 값으로 모두 팔려나갔다. 사두면 반드시 값이 오를 것이 분명하니까… 세계 미술계의 슈퍼스타가 감옥에서 작업하는 날이 날이면 날마다 달이면 달마다 있을 것도 아닐 테니…

불가사리를 잡아라

'벽화는 가장 높고, 가장 논리적이며 가장 힘찬 양식의 그림이다. 또한 그것은 개인적인 이익으로 바꿀 수도 없거니와, 소수 특권층의 이익을 위해 감추어 놓을 수도 없는 공평무사한 그림이다. 벽화는 민중을 위한 그림이요, 모든 사람의 것이다.'

— 호세 클레멘토 오로즈코

〈장면 1〉 경찰서

"야, 이거야 덩말 미티가꾸나야! 미치구 팔짝 뛰가서! 아니 어드렇게 이런 일이 있을 수 있네! 서울시내 한복판에 멀쩡하게 서 있던 작품이 감쪽같이 없어뎄는데, 경찰이레 뭐 하는 거이가? 이러케 태평세월 해두 되는 거이가, 엉? 기거이 내 분신이야! 내 목숨 같은 작품이야, 알갔네! 야, 서장 나오라 길라우! 서장 어딨네!"

"자자, 알아쓰다, 잘 알았어! 고마 흥분하시고… 이래

홍분하신다꼬 뭐 달라지는 기 있능교?"

"서장 나오라 길라우! 당장 나오라 길라우! 서장 어딨어, 엉!"

"예, 서장님 지금 현장 가셨는데예, 곧 돌아오실낍니더. 요새는 마, 모든 정책이 현장 위주로 팽팽 안 돌아갑니까. 자, 그라니까네, 서장님 오실 때까지 조서나 작성하시는 기 시간도 절약되고 안 좋겠능교. 예술가 선생님 말씀이 무신 말씀인고 잘 알아는 묵겠는데요, 마아 우리 경찰의 입장에서는 우리 나름대로 절차라 카는기 안 있겠습니까? 이해하시고, 협조 바랍니데이. 말로는 안 되고 서류로 꾸미놔야 한다 아입니까. 아, 이것은 취조가 아니고예, 어디까지나 예술가 선생님을 존경하고 이해하며 협조하는 대승적 차원의 진상 조사라카는 점을 먼저 말씀드리고예… 사건의 진실을 알아야 된장인지 X인지 판단할 수 있능기고… 무슨 말인지 아시겠능교?"

"알았수다…"

"그럼 시작해보까예? 아, 홍분하지 마시고 천천히 또박또박 말씀해주이소. (멋적게 웃으며) 내가 이… 독수리 타법이라 쪼매… 이 문디 같은 꼼뿌따가 사람 죽이는기라! 아 꼼뿌따가 아이고 컴퓨러지 커엄퓨우러~~ 그라모 시작합니다. 어데 보자, 사건명 〈청동 일가족 실종사건〉… 성명, 생년월일, 주민등록번호는 됐고… (범인 취조하듯) 직업? 직업이 뭐꼬?"

"전업작가요."

"전업작가? (자판을 두드리며) 저어언… 어업… 자악까아… 전직은?"

"전직이라니…?"

"전업해따메요! 전업하기 전의 직업이 뭐냐고요?"

"아, 그거이 아니구, 기르니까니 전업작가라는 것은 말이디, 작품활동에만 전념하는 예술가라는 말이오. 야, 이거 정말 미티가꾸나야!"

"그라모 작가가 직업이라 이 말이네. 그라니까네 직업작가 아닌교, 직업작가! 진작에 그래 쉽게 말씀하시지… (자판을 친다.) 직업은 지거어업자아까아… 직장?"

"전업작가라고 했잖소!"

"대학교수나 뭐 그런 거 아니고요? 요새는 마 대학교수가 발에 채던데…"

"아 기르니끼니 말이디, 데메사니 전업작가라는 거는 어디에도 묶이지 않고 자유롭게…"

"아 그라모, 자유업이네, 자유업!"

"기르티, 자유…"

"그라모 일이 생길 때만 하겠네예?"

"그런 셈이디. 기르티만 작품 창작활동은 언제나, 열심히…"

그림 그림자

"그라니까… 계약직, 일용직이구마… 알아씀다! 에, 어데까지 했노? 오, 도난품은 환경조각… 화아안자아앙… 조오가악…"

"환장조각이 아니구 환경조각! 환경조각!"

"환경조각? 조각이 환경을 우예 한단 말인교? 환경을 조각내서 우짤긴데요? 망치겠단 말인교? 환경을 조각 조각 내노모 답답해질긴데… 안 그렇습니까?"

"기거이 내 대표작이외다! 내 영혼이 담긴 작품이디, 거럼! 대한민국 수도 서울의 대표적 명물이기두 하구! 보시라요, 여기 서울시가 발행한 공식 관광안내 책자에두 크게 나와있지 않습네까!"

"하아, 진짜네! 어데 보자… 이기 어데고? 서울 시내 한복판 아이가? 맨날 지나댕기문서도 이런 기 여기 이래 서 있는 줄도 몰랐네! 쇠떵어리로 만든 건 이순신 장군하고 세종대왕 밖에 없는 줄 알았드마 그기 아이네! 어데 보자… 참말로 멋있네, 멋있어!"

"인자야 알아보시누만 기래! 기거이 내 목숨 같은 작품이외다."

"그라니까네, 엄마가 얼라 둘을 안고 둥개둥개 시키는 모습이네… 이기 뭣을 상징하는 깁니까? 아들 딸 구별 말고 둘만 낳아 잘 기르자 카는 깁니까?"

"우와, 덩말 미티갔구나야! 기거이 아니구, 모성의 위대

함을 통한 가정의 평화를… 기래서 제목이 〈가이 없어라〉 아닙네까, 가이 없어라!"

"없어요? 뭐시 없는데요?"

"어머님의 은혜는 가이 없어라, 어머님의 사랑은 끝이 없어라! (노래한다) 나실 제 괴애로움 다 잊으시이고오 기르실 제… 어머님의 사아랑으은 가이 없어라."

"우와아, 쥐기네요! 우와, 이거는 완전 감동의 도가니네! 어머님의 사아랑은 가이 없어라! 참말로 훌륭하십니다. 존경하지 않을 수가 없네예. 그 말씀 듣고 보니 작품이 되게 좋아 비네요! 울 어매는 지금 지금 뭐 하고 계시꼬? 어매요, 쪼매만 기다리소! 우째 갑자기 눈에서 땀이 이래 나노, 썅!"

"그런 위대한 사랑을 표현한 작품이외다. 기래서 사람들이 이 작품을 좋아하는 거이구!"

"그란데… 왜 옷은 벗고 이라고 있노?"

"그거야 작가의 조형성과 철학의…"

"겨울에는 되게 추울낀데… 동상 걸리모 우얄라꼬… 가마 있그라, 동상도 동상 걸리나? 옷을 입히모 제작비가 더 듭니까?"

"뭐이 어드래! 서장 나오라 길라우! 당장!"

"아, 흥분하지 마시고요. 웃자고 해본 소리를 가지고 우째 그래 화를 내고 그랍니까? 자, 계속하입시다. 말로 하모 아무 소용없고, 서류로 작성해야 합니다, 서류로! 사건 개요… 에, 그라니까네, 이 동상의 우측 얼라가 어느 날 먼저 없어지삐고, 연이어 좌측 유아 도난 실종 혹은 증발. 최종적으로 모친 실종 혹은 증발… 맞지요?"

"맞습네다."

"그기 언젭니까?"

"기거야 당신들이 규명할 일이디!"

"알아씀다. 사건 일시 미상, 수사 요. 결론적으로 일가족 실종사건 맞네! 이거 요새 우째 이리 일가족 사건이 많은 기고! 가마이써 봐라… 예술가 선생님요, 이 얼라들이 딸인교? 아들인교?"

"그것까지는… 그건 왜…?"

"(큰 소리로) 어이, 강 형사! 거 뭐꼬 일가족 유괴 전과자 중에 쇳뗑어리 좋아하는 놈 있나 좀 찾아봐라! 쇳뗑어리 데이, 쇳뗑어리! (전업작가에게) 혹시 유괴의 흔적 같은 것은 없었는교? 예를 들어서 얼라들을 내가 데리고 있으니 돈을 얼마 내라, 안 내모 인질의 목숨은 없다 카는 전화라든가…?"

"뭐이 어드레! 지금 장난하는 거이가? 서장 나오라길라!"

"수사라 카는 기 모든 가능성을 열어두고… 아무리 쇳뗑어리라 카지만도 얼라는 얼라 아잉교? 우리 경찰이 이 정도로 인도적이고 열심이라는 것을 알아주시모 더욱 고맙겠고요. 예술가 선생님께서도 잘 아시는 대로, 요새는 워낙 흉측한 사건이 많이 터져싸서 예측 불가능인기라요, 예측불가능! 장난하듯 막 죽이고, 심심하다고 죽이고, 토막 내고, 온 세상이 푸주깐이라, 온 세상이 푸주깐!… 여담입니다만도, 예술가 선생님요, 요새 살인범들이 우째서 시체를 토막 내는지 아십니까?"

"기른 걸 내레 어드러케 압네까! 그리구 기거이 이 사건하구 무슨 관계라는 거이가, 엉?"

"그기 말씀이죠, 다 아파트 때문인기라요, 아파트! 욱하고 죽이기는 죽였는데, 이걸 처치를 하기는 해야 하겠는데, 너무 커서 그대로는 들고 나올 수가 없는 기라! 그라이 토막을 낼밖에, 토막을 내야 가방에 드가지… 안 그러쏨니까? 내 말이 맞지요?"

"(더 참을 수 없어서 큰 소리로) 내 작품이 없어진 것은 내가 죽은 거나 마찬가지야, 내가 죽은 것이나 똑같다구! 나는 죽었어! 죽었다구! 알갔네! 기른데 당신네는 지금 뭐하는 거이가, 엉? 장난하는 거이가! 서장 나오라 길라우!"

"아이고 죽은 양반이 무신 목소리가 이리 크노! 자, 고마 흥분하시고요. 우리는 마 예술가 선생님의 그 비통한 마음을 충분히 이해하고 우째 하모 쪼매라도 도움이 될까 하는 대승적 차원에서… 예술가 선생님께서 더 잘 아시겠

그림 그림자

지만도, 요새 쇳떵어리 훔쳐가는 놈들이 억수로 기승이라 예. 보이기마 하모 낼름 집어가는 기라! 남의 집 대문도 뜯어가고, 고속도로 가드레일도 통째로 실어가고, 길바닥 맨홀 뚜껑도 집어가고, 목숨 걸고 고압선도 짤라가고 난린 기라! 온통 정신이 한 개도 없어요, 그냥! 이기 다 국제적 원자재 가격 인상의 부작용이라카는 심각한 현상인데… 아, 신문에서 보니까네 선진국이라카는 미국에서도 쇳떵 어리 도둑놈들이 기승이라카데! 마아, 전업작가 선생님 작품을 사진으로 탁 보니, 이거는 마 내놓고 날 잡아잡수 하는 판인기라요. 우째 이리 톡톡 짤라가기 좋게 맹그셨능 교?"

"야아, 미티가꾸나, 미티가서!"

"혹시 신문에서 보셨는지 모르겠네요? 환경미화원 한 분이 계셨는데, 억수로 양심적이고 고지식한 분인기라. 이 아저씨가 공원 청소를 맡았는데, 열심히 청소를 하다보니 까네 어떤 죽일 놈이 한 구석에다가 커다란 고철덩어리를 버리고 간기라요! 공중도덕이 아주 빵쩜인기라, 빠앙쩌 엄! 자세히 보니까네, 쇳떵어리를 얼기설기 얽어놓았는 데, 온통 녹이 쓸고 새똥은 덕지덕지… 아무리 봐도 대형 쓰레기임이 분명한기라. 그라니 우짜겠노? 치워야지! 누 가 치워요? 환경미화 책임자가 치워야지 누가 치워! 그래 마, 낑낑거리며 치운 기라. 그거 치우느라꼬 고생 억수로 했다는 거 아닙니까. 속으로 버린 놈 욕도 억수로 해대고… 봐라, 싹 치워놓으니 을매나 좋노? 시원하고 깨끗하고! 그래 마 힘은 억수로 들었지만도 직업적 전문인으로서의 보람과 긍지를 느꼈다는 거 아닙니까. 그런데, 낭중에 알고보이 그기 무신 예술작품이라네! 마, 쎙난리가 난기라, 작가라는 사람은 길길이 날뛰지, 기자놈들은 벌떼처럼 달려들지… 결국은 그 환경미화원 아저씨 짤린기라!"

"에잇, 무식한 것들, 무지막지한 놈들! 예술작품 알기를 뭘로 아는 거이가!"

"허허, 그기 아니지요. 환경미화원 아저씨가 무신 죄가 있능교? 그 직업에 온 식구 밥줄이 달려 있는데… (조금 언성을 높여) 작품이모 작품이라고 크게 써붙이든지! 왜 안 있능교, 작품에 손 대지 마시오 카는 거… 아니모, 아예 옮길 수 없게 무식하게 크던가. 강남 어느 회사 앞에 있는 무지막지한 고철덩어리 맹키로! 그것도 아니모, 누가 보든지 작품답게 생기 묵든지! 그래야 안 치울 거 아니요! 안 그렁교? 누가 봐도 예술인지 알아묵으야 진짜 예술 아닌교? 사람 헷갈리게 하는 기 예술인교? 말해 보이소, 예술가 선생님요! 지 혼차서 예술이 우짜고, 작품성이 우짜고, 인생관이 우짜고 악 쓰모 뭐할긴데? 그라고, 환경미화원 아저씨가 무신 죄가 있능교? 자기 일 철저하게 한 게 무슨 죄가 되능교? 목은 왜 짤라요? 예술이 뭐가 그리 잘났다꼬,

애매한 사람 모가지 짜를 자격이 있는 겁니까? 사람 나고 예술 났지, 예술 나고 사람 났는교? 말 쫌 해보이소, 예술가 선생요!"

"길쎄 기거이… 기래서 결과는 어드러케…?"

"다 녹아서 철근이 된 다음에 날뛰봐야 뭐 하겠능교. 죽은 자식 붕알 만지기지… 범인은 검거됐지만도, 잡아서 뭐 하겠능교? 모두들 철들이 엄써요, 그냥!"

"기르니끼니… 기럼, 내 작품도… 설마?"

"아직은 모르지요, 수사를 철저히 해봐야… 하지만도, 마아… 예술가 선생님을 존경하는 뜻에서 조심스럽게 감히 말씀드리자모… 벌써 동판이나 구리철사로 변질되었을 가능성이 아주 엄따꼬는 말 몬하지요… 요새 구리값이 엄청 비싸놔서… 아무튼간에 쇳떵어리만 봤다카모 환장을 해서 훔쳐가는 놈들이 우찌나 많은지… 정신이 한 개도 엄써요, 그냥!"

"(흥분해서) 기르니끼니, 불가사리라도 나타났단 말이가, 지금!?"

"(책상을 탁 치며) 불가사리! 우와, 예술가 선생님이 다르긴 다르네! 생각이 팍팍 튀시네! 맞다! 불가사리다, 불가사리! 내가 왜 그 생각을 몬해쓰꼬! (급히 컴퓨터 자판을 두드린다.) 범인… 불가사리로 추정! 그라모 뭐꼬? 우리가 불가사리를 잡아야 하는 기가? 미치겠네! 살인범 잡으랴, 유괴범 검거하랴, 거기에다 불가사리까지… 우와 미치네, 미쳐! 완전히 돌아삐겠네!"

"날래 잡으라우!"

"조서나 완성하입시다! 그 동상이 몇 근이나 되는교?"

"뭬야, 몇 근? 내 목숨 같은 작품을 근 수로 따지겠다는 거이가!"

"예술적 가치는 우리가 알 수 없는 기고요. 그것은 마 전문기관에 객관적인 평가를 의뢰할 예정이고요, 우리는 다만… (큰 소리로) 김양아, 요새 구리 한 근에 얼매나 하는지 쫌 알아봐라!"

"아, 내 작품, 내 작푸움…"

"마아… 예술가 선생님을 존경하는 뜻에서 조심스럽게 감히 말씀드리자모… 문제의 뽀인또가 뭔가 하모, 아 뽀인또가 아니지… 포인트! 이 영어 때문에 죽을 지경인기라요. 쪼매 있으모 모든 수사는 영어로 하고, 모든 조서도 영어로 작성하라는 지시가 내리올지 모르는 판이라요. 마, 문제의 포인트는 우리 국민들의 수준이 억수로 높아졌다는 사실인기라요. 우리 대한민국 국보 1호가 불에 탈 때 우리 국민들이 우째 했는교? 예술가 선생님도 잘 아시지요? (가락을 붙여 구성지게) 발만 동동 구르며 우짜꼬 우짜꼬, 물만 억수로 뿌리대며 우짜꼬 우짜꼬 우짜모 좋노, 높으신 분들은 우왕좌왕 좌충우돌 갑론을박 설왕설래 정신없이 우짜꼬 우짜꼬 우짜꼬, 또 물대포 팍팍 쏘고 우짜꼬 우짜꼬 우짜모 좋노, 발 동동 우짜꼬 우짜꼬! 아, 꺼졌나보다! 연기가 안 난다! 만세 대한민국 만세에! 아, 천만다행이다! 철수하자, 집에 가자! 집에 가 밥이나 묵자! 아이고, 또 탄다! 우짜꼬 우짜꼬 우짜모 좋노, 불길 잡아라, 물 뿌리라, 팍팍 뿌리지 않고 뭐하고 있노, 우짜꼬 우짜꼬, 발만 동동 우짜꼬 우짜꼬, 지붕을 뿌수까예? 아이다 안 된다, 국보 1호다, 민족의 유산이다, 그라모 우짜란 말이고? 우짜꼬 우짜꼬 우짜꼬. 현판이라도 살려라, 뜯어내라 우짜꼬 우짜꼬, 발만 동동 우짜꼬 우짜꼬, 눈물 찔찔 우짜꼬 우짜꼬 우짜모 좋노! 아이고 엄마야! 무너진다, 무너져! 우짜꼬 우짜꼬 우짜꼬! 홀라당 주저앉았네 우짜꼬 우짜꼬 우짜모 좋노, 슬퍼서 우짜노 우짜노, 부모님 돌아가신 거 맹키로 가슴이 찢어지네 우짜꼬 우짜꼬, 무슨 낯으로 조상님 뵈올끼고 우짜꼬 우짜꼬 우짜모 좋노, 이 일을 우짜꼬 우짜모 좋노, 엉엉 훌쩍훌쩍 우짜꼬 우짜꼬 우짜꼬… 고마 집에 가자. 이란다꼬 숭례문이 다시 살아날 것도 아니고… (가락을 붙여) 운다아고오 옛 싸라아앙이이이 오리요오 마아아느은~~~ 눈무울로 달래애 보오느은 구스을프은~~ 마, 우리 국민들의 수준이 이렇게 엄청난 수준인기라요."

"기래서?"

"따라서 결론적으로 요약하모… 금번 우리 전업예술가 선생님의 동상 일가족 실종사건이 미칠 국민적 영향이라는 것은 지극히 미미한… 하이고 오랜만에 말을 쫌 길게 했드마는 배가 다 고프네! (큰 소리로) 어이, 배 형사! 니 내 밥 미기줄 놈 아이가? 김양아, 어데 짜장면 값 안 오른 집 없나? 하이고 요새는 마 밥 묵고 돌아서모 값이 올라 있는 기라, 참말로 겁나제! (작가 선생에게) 아, 우리 예술가 선생은 뭐? 짜장면? 짬뽕? 아님 짬짜면?"

〈장면 2〉 어느 변호사 사무실

"아, 우리 영감님요? 중요한 일로 법원에 잠깐… 요새 워낙 바빠 놔서… 정성을 다해 각별하게 잘 모시라는 분부가 계셨습니다. 사무장인 제가 명예를 걸고 최선을 다해 도와드리도록 하겠습니다. 아, 먼저 말씀드릴 것은 영감님과 저는 선생님의 그 심오한 고뇌와 울분의 심정을 충분히 이해하고 있습니다. 그 참담한 예술적 고통과 현실에 대한 분노에 대해서도 심심한 위로의 말씀을 드리는 바이올시다. 외람된 말씀입니다만, 특별히 개인적으로 저는 더 큰 아픔을 느끼고 있습니다. 마치 제 자신의 고통처럼… 공교롭게도 제 딸아이가 지금 모 명문 미술대학 조소과에 다니고 있는 터라, 전혀 남의 일 같지가 않습니다."

"아, 그러시구만요. 고맙습네다."

그림 그림자

"또 한 가지 미리 말씀드리고 싶은 것은, 제가 말씀을 올리는 중에 만에 하나 혹시라도 섭섭하시거나 무례한 말이 나오더라도 넓으신 아량으로 이해해 주십사하는 겁니다. 저희는 법률적으로 진실만을 객관적으로 얘기해야 할 의무가 있기 때문에⋯ (서류를 뒤적이며) 그 당시⋯ 에, 그러니까 작품 납품 당시의 계약서가 없으시다구요?"

"기거이 워낙 오래 된 일이라⋯ 발써 20년두 넘은 일이니까니⋯"

"그러시겠죠. 충분히 이해합니다. 예술가분들은 워낙 그런 일에는 무관심하시니까⋯"

"아, 브로커놈이 개지구 있을지두 모르갔구만, 맞아!"

"아, 브로커! 브로커가 있었다면, 혹시 그 브로커가 선생님에게 불공정 거래를 강요한 일은 없었는지요?"

"(흥분해서) 아이구 말도 마시라요! 그노무 아새끼레! 재주는 곰이 넘구 돈은 뙤놈이레 개지구 간다구⋯ 그노무 아새끼레! 그만 합시다레, 그노무 아새끼 생각만 해두 치가 떨려서리⋯ 하지만 내게는 작품이 남았으니끼니⋯ 그 생각으루 견디지요."

"혹시 그 브로커 연락이 되십니까?"

"죽었디, 발쎄 죽었디! 천벌을 받은 거디, 거럼!"

"그렇군요, 유감입니다. (서류를 뒤적이며) 저희가 백방으로 집중적이고 다각적인 조사를 통해 자료를 수집하여 종합, 분석, 평가를 해본 결과… 도난당한 작품의 소유권자는 백 퍼센트 엑스와이 그룹으로 되어 있더군요. 그러니까, 선생님께서는 돈을 받고 작품을 양도하신… 쉽게 말해서 파신 거죠? 따라서 법률적으로 말씀드리자면, 선생님께서는 그 작품에 대해 아무런 권리도 없으신 겁니다. 에, 원칙적으로는 이런 조각품들의 경우, 저작권은 작가의 기본권이므로, 팔린 후에도 소유권자라 해도 마음대로 변형, 파손할 수 없고, 보호 관리할 책임이 있기는 합니다만… 소송을 해서 배상 청구할 경우 승소하기는 현실적으로 기대하기가 어려운… 아, 물론 보험 처리 문제가 있습니다만, 그것은 어디까지나 엑스와이 그룹과 보험회사 사이의 문제입니다. 그리고, 가장 중요한 것은 소유권자인 엑스와이 그룹의 자세입니다. 저희가 알아본 바에 의하면, 그 사람들은 이 사건이 확대되는 것을 원치 않더군요. 그리고 작품이 있던 자리에 VIP용 주차장을 만들 계획이라더군요."

"뭐이 어드래요! 이노무 새끼들을 그냥!"

"그리고 마지막으로… 예술적 가치의 문제는 워낙 미묘한 사안이라서…"

"무슨 소리를 하는 게요! 내가 지금 돈 때문에 이러는 줄 아십네까? 내 영혼을 돈으로 따지겠다는 게야, 뭐야!"

"아 물론, 그럴 리가 있겠습니까! 선생님의 절규와 요구는 당연히 정당하고 훌륭하십니다. 존경합니다. 하지만 법률적으로 볼 때, 형사사건인 도난사건과 정신적 차원의 문제를 연결시키기 위해서는… 근본적으로 영혼을 법으로 판단한다는 것은 법철학적 측면에서 볼 때… 여러 가지로…"

"기럼, 아무도 책임을 안 진다는 겁네까? 멀쩡한 작품이 증발했는데, 내 생명이 없어졌는데, 책임지는 자가 아무도 없다? 기르구두 대한민국이 법치국가라고 말할 수 있는 거요? 야 이거 덩말 미티가꾸나야, 미티가서!"

"죄송합니다. 당연히 누군가가 책임을 져야죠. 그것이 법의 정의입니다. 그런데 그 책임 소재라는 것이… 그것이… 숭례문의 경우에서도 보았듯이… 그것이 구청이냐, 시청이냐, 아니면 더 높은 곳이냐… 단순히 방화범의 책임이냐… 혹시 그 작품이 문화재 지정을 받았나요? 아니죠? 그렇다면 문화재청 소관도 아니구…"

"(흥분하여) 이보시요! 기럼 앞으로 환경조각의 운명은 어드러케 되는 거요? 길거리에 놓여 있는 예술작품의 운명은? 아무나 뜯어가도 그만이고, 책임지는 놈도 없고! 최소한 누군가가 보호하고 감시하고 사랑하고 그래야 하는 거 아니요? 도난 방지를 위해 누가 지키든지, 최소한 감시카메라라도 설치하든지!"

"아, 물론 그래야겠지요. 훌륭한 말씀이십니다. 감동적입니다. 그런데… 혹시 그런 환경 조각이 우리나라에 몇 개나 있는지 아십니까? 카메라를 설치한다면 비용이 얼마나 들지 생각해 보셨는지요?"

"기른 걸 내레 왜 생각해! 중요한 문화유산을 지키는 것은 나라가 당연히 할 일이지! 말로만 문화의 시대다, 문화가 국력이다, 기딴 소리 씨부리지 말구 지켜야 할 거 아니가, 엉!"

"전적으로 동감입니다. 다만 제가 말씀드리고 싶은 것은, 지금 말씀하신 것 같은 초법적이고 문화운동 차원의 문제는 시민단체나 언론을 통해서 여론을 환기시켜 전국민적 화두로 승화시켜서… 왜 많지 않습니까, 일인시위라든지 단식투쟁이라든지 삼보일배라든지… 아 물론, 이건 어디까지나 우리끼리의 이야기입니다만… 최상층부에 통하는 분이 있으면 제일 간단하지요, 말씀 한 마디로 단방에 끝날 수도 있으니까요, 혹시 있으신지요?"

〈장면 3〉 시원하게 넓은 들판

꽃들이 화사하게 피어있다. 생명은 언제나 아름답고 신비로운 것!

우리의 전업작가 선생이 그 들판 한가운데 서 있다. 허공을 향해 절규한다.

"간나새끼들, 모두 죽여버리가서! 모조리 죽여버리구

말가서!"

<뒷 이야기>

언론들이 뜻밖에 이 사건을 매우 크게 다뤄준 덕분에 범인은 열흘 뒤에 검거되었다. 경찰 발표에 따르면, 범인은 동상을 훔쳐 판 돈으로 부모님 동남아 여행을 시켜드렸다고 한다. 범인의 어머니가 암 투병 중이라고 경찰은 밝혔다. 어머님의 사랑은 가이 없어라.

벽화는 죄가 없다

인간은 누구나 자기가 보고 싶은 것만 보고, 자기가 하고 싶은 대로 해석하고 판단하며, 자신이 믿고 싶은 대로 기억한다. 그걸 '라쇼몽 효과'라고 부른다. 구로사와 아키라 감독의 영화 『라쇼몽(羅生門)』에서 비롯된 표현이다.

1951년 베니스영화제에서 대상인 황금사자상을 받으며 유명해진 이 영화는 한 사무라이의 죽음에 대해 네 명의 목격자가 저마다 다른 진술하는 것을 기둥 줄거리로 삼고 있다. 보는 각도에 따라 세상은 다르게 보이고, 인간들은 저마다 자기에게 유리하게 판단을 내린다는 메시지가 공감을 불러 일으켰다.

지금 우리의 현실에서도 똑같은 일이 되풀이해서 벌어지고 있다.

아리랑 벽화 마을 벽화 훼손 사건에 대한 사람들의 생각도 그랬다.

황량하게 버려졌던 뒷골목 아리랑 마을이 유명해진 건

벽화 때문이었다. 미술의 사회적 기능을 진지하게 고민하는 화가 몇 명이 앞장을 서고, 젊은 미술인들과 미대생들이 적극 나서서 벽화를 그렸다. 주민들도 찬성했고, 시당국은 '도시 살리기 미화 프로젝트'로 채택하여 재정적 지원을 했다.

벽화이지만 미국 같은 나라의 도시벽화처럼 격한 사회적 발언을 담지는 않았다. 그저 아리랑을 주제로 한 예쁘고 장식적인 그림이었다. 오히려 그것이 거부반응 없이, 생활 속의 미술이라는 긍정적 효과를 냈다.

그 벽화 덕에 음침하게 버려졌던 뒷골목 마을이 해밝은 모습으로 다시 태어났다. 벽화는 입 소문을 타면서 조금씩 유명해졌고, 전국 곳곳에 벽화 마을이 생기는 계기가 되기도 했다.

그러더니 어느 날 갑자기 벽화 마을로 젊은이들이 떼로 몰려들기 시작했다. 한산하던 골목이 느닷없이 시끌벅적 요란해졌다. 정신이 없을 지경이었다.

알고 보니 무슨 텔레비전 인기 드라마의 무대로 이 아리랑 벽화 마을이 등장했는데, 주인공들의 애절한 사랑이 벽화를 배경으로 시작되어, 벽화를 배경으로 눈물겹고 아름다운 결실을 맺었다는 것이다. 그 드라마를 본 젊은이들이 몰려들어 드라마 주인공 흉내를 내며, 떠들고 노래 부르며 사진을 찍고… 젊음의 열기가 넘쳤다.

일단 유명해지니, 다른 드라마나 예능 프로그램에도 벽화가 등장하고, 그럴수록 찾는 사람도 더 많아졌다.

급기야는 한류 바람을 타고 이런 프로그램들이 중국이나 일본에서도 방영되어 인기를 끌면서, 관광객들이 몰려들기 시작했다. 졸지에 국제적 관광 명소가 된 것이다. 그렇지 않아도 시끄러웠는데, 외국어까지 섞이니 더 소란스러워졌다.

아리랑 마을 벽화는 가장 성공적인 거리의 미술로 높게 평가되었다. 우리나라 벽화 운동 확산의 기폭제가 되었고, 이 벽화를 주제로 한 학술논문이 여러 편 발표되기도 했다. 삶과 미술의 관계를 다룬 글들이었다.

그렇게 유명한 벽화가 어느 날 지워져버리는 일이 일어났다. 벽화를 페인트로 지워버린 것은 마을 주민들이었다. 신문 방송들은 무슨 큰 난리라도 난 것처럼 대서특필을 해 댔다. 그리고 사방에서 다양한 목소리들이 터져나왔다.

〈벽화 작가〉

아, 세상에! 이런 야만적인 일이 대한민국에서 일어나다니! 말문이 막히네요. 우리 사회의 정신 수준이 이 정도밖에 안 된다니, 슬픕니다, 정말 너무 너무 슬퍼요.

미술가의 작가정신이나 권리 같은 것은 말할 것도 없고,

이 정도면 국제적 명성의 문화재 아닌가요? 그런 예술작품을… 너무 기가 막혀서 길게 말을 못하겠습니다. 되도록 빨리, 아니 지금 당장 복원되기를 강력하게 요구합니다. 우리는 문화 국민입니다.

〈관광객〉

아, 실망이네요. 중국에서 일부러 왔는데… 텔레비전 드라마를 보고 벽화 앞에서 사랑도 빌고 사진도 찍으려고, 힘들게 찾아왔는데… 이게 뭡니까? 어디서 보상 받아야하는 거죠? 화가 나네요.

〈관광회사 담당자〉

참 아쉽네요. 관광코스 바꾸는 거야 별로 어려운 일이 아니지만, 이 정도의 의미 있는 볼거리를 만드는 건 쉬운 일이 아니거든요. 이렇게 외국인 관광객들이 몰릴 정도면 문화재라고 봐도 되는 거 아닌가요? 더구나 주제가 아리랑 아닙니까… 이것처럼 현실 생활문화를 생생하게 보여줄 수 있는 볼거리는 참 쉽지 않지요… 그런데, 하루아침에 없어져버리다니…

〈벽화마을 입구 카페 주인〉

엄청 화가 나고, 한숨만 나오네요. 벽화 보러 오는 사람들, 관광객들 덕분에 겨우 먹고 살만 해졌는데… 벽화가 사라졌으니… 건물주가 집세 올리겠다고 해서 큰 마음 먹고 재계약을 했고… 또 얼마 전에 가게 리모델링하느라고 무리해서 투자도 했는데, 앞으로 어찌 해야 할지… 하루빨리 벽화가 복원되기 바랍니다. 복원된다고 해서 유명세가 계속 이어질지는 모르겠지만…

〈시 담당자의 말〉

진상을 철저하고 다각적으로 조사해서, 가능한 한 신속하게 적절한 조치를 취할 예정입니다. 일단 법을 위반한 사항은 없어 보이니, 법대로 하면 될 것입니다. 법대로!

〈벽화를 지운 마을 사람〉

그래, 내가 지웠소. 어쩔 거요? 내 집 담벼락 내가 칠하는데 뭐가 잘못이란 말이요? 대한민국은 사유재산이 보장되는 민주국가 아니요?

아 글쎄 벽화도 좋지만, 먼저 사람이 살아야 할 거 아니요, 사람이! 이거야 원, 어찌나 시끄러운지 사람이 살 수가 있어야지!

우리도 참을 만큼 참았소이다, 참을 만큼 참았지! 오죽하면 명물이라는 벽화를 지웠겠소?

내 말 못 믿겠으면, 당신들이 와서 몇 일만 살아보슈. 더도 말고 딱 이틀만 살아보라구!

어느 날 무슨 테레비 드라마에 우리 집이 나왔다네… 축하한다는 전화도 어지간히 많이 받았지. 유명해졌으니 집값 많이 오르겠다, 좋겠다, 부럽다!

웬걸, 좋기는 개뿔! 젊은 애들 떼거지로 몰려와서 떠들고 노래하고 사진 박고… 거기까진 그래도 참을만 했지. 그런데 어느 날부턴가 아이들이 악을 쓰기 시작하는 거라. 미치겠데!

알고 보니, 그 텔레비전 드라마에 나온 장면이 유명해졌다는 건데, 기가 탁 막히더만! 우리 집 담벼락에 그려진 벽화 앞에 서서 큰 소리로 만세삼창을 하고 아리랑 노래를 부르면 원하는 사랑이 이루어진다나 뭐라나, 밤에 촛불을 켜고 만세삼창을 외치면 더 효과가 좋다나 뭐라나?

생각을 해보슈, 시도 때도 없이 악을 쓰는 만세소리 시끄럽고 아리랑이 울려 퍼지면… 이거 무슨 일제시대도 아니고, 유관순 누나 재림도 아니고, 아리랑 고개 넘는 것도 한두 번이지 원!

밥 먹고 있는데, 만세 만세 우리 사랑 만세 아리랑 고개로 넘어간다, 잠 좀 자려고 해도, 만세 만세 내 사랑 만세 아리랑 고개로 넘어간다, 화장실에 앉아 있는데도, 만세 만세 만세 아리랑 고개로 넘어간다, 시도 때도 없이 만세 만세 만세 아리랑 고개로 넘어간다… 견딜 수가 없지!

우리 집사람은 견디다 못해 몸져 누웠수다!

그래서 내가 지웠수다. 뭐 잘못됐소? 말끝마다 문화민족 문화시민 하는데, 문화민족이 뭐요? 적어도 남에게 피해는 안 주는 게 문화시민 아니요?

그래, 내가 몸소 직접 지웠수다. 잡아갈 테면 잡아가라고 그러슈!

예술이 예술다워야지, 남의 생활 침해하고 사람 못 살게 구는 게 무슨 놈의 예술이요, 공해지, 공해! 안 그렇소?

법대로 합시다, 법대로 하면 될 거 아니요!

당신과 나 사이에

- 교수님, 잘 부탁드립니다. 아무래도 저희는 전문가가
아니라서… 게다가 저 양반이 나름대로 거물인데다가…
세상의 관심이 집중돼 있는 판이라… 이거 원 비밀이 하나
도 없으니 일해 먹기 참 힘드네요.
- 뭘 알아내면 되는 겁니까?
- 사상검증이죠, 뭐! 뻔한 거 아닙니까. 그러니까, 색깔
이 좀 확실하게 드러나도록 질문을… 우리가 보기엔 애매
한 부분이 좀 많아서…
- 알았어요. 해보죠.

*

- 이거 뭐라고 인사를 해야할지 모르겠군요. 우리가 초
면은 아니지요?
- 기런 거 같구만요. 워낙에 좁은 마당이니끼니…

– 아, 마음 편하게 가지세요. 긴장하실 거 하나도 없어요. 동업자끼리니까… 한 대 태우시겠습니까?

– 고맙습네다. 미술대학교 교수님이시디요?

– 그렇습니다. 개인적 이야기입니다만, 전 선생님 작품을 무척 좋아했습니다. 한 치의 빈틈도 없이 치밀하고 적확한 묘사력에 감탄을 하곤 했습니다만… 깜짝 놀랐어요. 한 동안 소식이 뜸하더니… 그런 위험한 일을 하시다니… 놀랄 수밖에요… 그동안 무슨 깊은 사연이라도 있으셨던 모양이죠?

– 길세… 기거이 기르케 간단한 일이 아니라서…

– 그야 그렇겠지요. 목숨을 걸고 하신 일이니… 간단하지 않겠지요. 충분히 이해합니다.

– 피곤한데 빙빙 돌리지 말구 바로 본론으로 들어갑세다레. 취조관들이 어찌나 피곤하게 족쳐대는지… 알고 싶은 거이 뭡네까?

– 그러지요. 대체 뭐가 마음에 들지 않으셨는지 궁금하군요. 우리는 잘 해드리려고 무척 애를 썼습니다만…

– 기거이 간단하지 않아요. 아주 복합적입네다.

– 선생께서 넘어오셨을 때 우리가 얼마나 기뻐하고, 또얼마나 기대를 했는지 모르실 겁니다. 아무튼 처음 있었던일이었으니… 북한의 대표적인 공훈미술가 아무개씨가 탈북하여 대한민국의 품에 안겼다, 자유로운 세상에서 자유

롭게 작품활동을 하기를 희망한다… 그 뉴스는 정말 우리에게 신선한 충격이었어요. 나는 개인적으로 더욱 큰 기대를 걸었지요. 우리 미술계의 부족한 부분을 채워줄 수 있으리라는 기대… 이해하시겠습니까? 아까도 말했지만 난 선생 작품을 참 좋아했어요.

  – 고맙수다레…

  – 그때 기자회견에서 자유를 찾아서 탈북했다고 하셨지요?

  – 그랬지요. 정말 그랬으니끼니…

  – 그런데… 살아보니 원하시던 자유가 없던가요? 온 사회가 대접을 잘 했을 텐데요…

  – 자유…? 자유가 너무 많아서, 자유가 넘쳐흘러서 탈이었디… 물 속에서 목이 마르다 기른 말 아시나?

  – 자유가 너무 많아서 견디기 힘들었다? 그래서 다시 북으로 돌아가려 했다? 공훈미술가로 대접받으며 만수대 창작단에서 활동하던 시절이 그리워졌다?

  – 그렇게 간단한 거이 아니라니끼니 그러시누만… 이보시라요, 남의 인생을 그렇게 간단하게 재단하지 마시라요.

  – 그러니까, 속 시원하게 털어놓으세요. 북한에서 공훈미술가로 활동하던 작가가 아쉬울 것도 부러울 것도 없는 환경을 뿌리치고, 탈북하여 대한민국으로 왔는데… 활동 10년도 못돼서 다시 북으로 돌아가려고 하다가 붙잡혔다!

이게 어디 보통 일입니까?

 – 난 거저… 이쪽 세상에 적응하지 못한 것뿐이외다. 특히 이쪽 미술계에 도무지 적응하지 못해서… 결국 낙오하고 패배한 거이다…

 – 적응하지 못했다? 구체적으로 좀 설명해주시겠습니까? 이해할 수 있도록…

 – 뭐라고 말해야 이해하시겠나?… 그림을 그리긴 그려야겠는데 뭘 그려야 할지를 모르겠는 거라, 세월이 흐를수록 점점 더 암담하고 답답해서… 저쪽에서는 그리라는 걸 잘 그리면 고만이었는데…

 – 그동안 열심히 활동하셨지 않았나요? 좋은 작품도 많이 발표하시고…

 – 발악을 했디요, 발악! 발악한다고 뭐 달라진 건 없디만… 이보시라요, 피곤한데 날래 본론으로 들어갑세다. 단호하게 말합니다만, 내레 사상이니 이념이니 정치… 그런 거엔 전혀 관심이 없수다. 잘라 말해서, 난 빨갱이도 아니고, 위장탈북도 이중간첩도 아니란 말이요. 당신들이 알고 싶은 게 그거 아니요. 그래서 선생이나 나나 이 고생하고 있는 거 아니요? 아무리 날 취조하고 고문해봐야 나올 거 하나도 없수다. 당신네들이 어떤 결론을 내릴지는 모르겠지만, 난 빨갱이도 이중간첩도 아니외다. 거저 그림 그리는 것밖에 모르는 낙오자외다. 당신네들이 날 어떻게 처리

하던 관심도 없고…

　- 물론 나도 그렇게 생각합니다. 예술가로서 충분히 이
해합니다. 하지만 남과 북을 오르락내리락하는 행위가 대
한민국에서는 통용될 수 없지요. 더구나 요즘처럼 민감한
시기에는… 자, 우리 터놓고 허심탄회하게 얘기해봅시다.
예술 하는 사람끼리… 한 잔 하시겠습니까?

　- 좋디요, 한 잔 주시구레…

　- 무얼 그려야 할지 몰랐다…? 그건 무슨 말씀이신지?

　- 뻔한 말 아니요? 말 그대로지… 북한에서는 정해진 걸
그리면 됐지, 얼마나 잘 그리는지 그림 실력도 한눈에 명
확하게 알아볼 수 있고… 하지만 남한에서는 무얼 그려야
할지를 내가 정하고 책임도 져야 하는데… 그게 참 막막하
고 무서운 거라… 내 말 알아듣겠소? 자유의 무게에 겁이
더럭 나더라 이런 말이외다. 아, 자유가 이렇게 무섭고 아
득한 것이로구나… 알아들으시겠나? 자유에 빠져 헤엄치
는 사람들이 내 심정을 알겠나? 그림 그리는 일밖에는 내
가 할 수 있는 것이 없으니, 어떻게든 그림으로 적응을 하
고 살아남아야 할 텐데… 그러니 발악을 할 수밖에… 오죽
하면 이쪽 사람들이 많이 하는 추상화라는 것까지 손 대봤
겠소? 해보니 그게 뭐 아이들 붓장난이지… 뭘 그리지 말
라는데… 아, 그림인데 안 그리면 그게 무슨 그림이요? 공

허한 말장난이지… 저 혼자만 아는 말로 아무리 중얼거려

봐야… 무슨 소용… 형씨도 잘 알다시피 내가 잘 할 수 있

는 게 대상을 치밀하게 사실적으로 묘사하는 거 아니요.

　– 사회주의 리얼리즘…

　– 북에선 그걸 '주체 사실주의'라고 합네다만… 이제 와

서야 헛소리로 들리겠지만, 내가 내려올 때는 꿈이 참 컸

수다. 대단히 컸지…

　– 꿈?

　– 그림 그리는 사람끼리니 털어놓는 거외다만, 내가 알

기로는 남쪽 미술은 사실주의 실력이 많이 모자라는 것으

로 들었디요. 기래서 나 같은 사람이 크게 보탬이 될 거라

는 기대가 컸지… 더 크게는… 비무장지대에 커다란 평화

의 조형물을 멋지게 만들어서 세우고 싶다는 꿈도… 기런

건 우리레 전문이니끼니 누구보다 잘 할 수 있지… 그 땐

그런 야무진 꿈을 가졌수다레… 모두 다 헛꿈이 되고 말았

지만…

　– 처음 입국했을 때 대단한 환영을 받지 않았나요? 매스

컴에도 연일 대서특필되고… 대단했던 것으로 기억됩니다

만…

　– 처음 잠깐은 그랬지요. 하지만 아주 잠시 반짝 하고는

그만입디다. 조금 지나니 내 이야기가 무슨 연예인이 누구

와 사귀다가 헤어졌다는 소식보다도 작게 나오더니, 그나

마 조금 더 지나니까 아주 관심 밖으로 밀려서…

　- 자, 한 잔 더 하시죠. 말이 나온 김에 그림에 대한 이야기를 좀 더 진지하게 했으면 좋겠네요. 아까도 말씀드렸지만, 사실 나는 개인적으로 리얼리즘 미술 부분에 관심이 많았고, 그래서 선생에게 거는 기대가 컸습니다. 그 부분이 우리 미술의 큰 문제 중의 하나라고 생각하고 있거든요.

　- 기거이 기르니까… 우리끼리니 한 마디 더 하갔습네다. 애초에 그림이라는 거이 뭡네까? 기본적으루 대상을 실감나게 옮겨 표현하는 거 아닙네까? 그런 기본적인 기능이 있은 다음에… 그걸 바탕으로 자기 발언도 하고, 자기 세계도 펼쳐나가고… 기래서 예술과 기술을 따로 떼어서 생각할 수 없는 것이고… 꼬부랑말로 예술이라는 낱말의 본래 뜻은 기술이라는 거 아닙네까.

　- 전적으로 동감입니다. 맞는 말씀이예요.

　- 기른데… 내가 보기엔 남쪽 예술가들 실력이, 이거 매우 미안한 말입네다만, 형편 없습네다. 기본적으로 기초가 없어요. 붓질은 멋들어지게 잘 하는데 제대로 그릴 줄은 모르는 거외다. 한숨이 저절로 나오두만… 아, 물론 모두 그렇다는 건 아니고… 안 그런 사람도 있디요. 훗날 알고 보니, 미술학교에서도 그런 기초를 거의 가르치지 않는다더만요. 그저 가르치는 시늉이나 하는 거지… 그런 한물

간 거는 애써 배울 필요 없다?… 창의력이라는 것만 강조하는 모양인데, 글쎄올시다. 창의성도 좋지만…

– 선생께서 좀 자극을 주셨으면 좋았을 텐데… 기대를 거는 사람들이 참 많았거든요. 거 뭡니까, 변월룡이나 이쾌대 같은 작가들 전시회가 참 많은 자극을 줬거든요.

– 그게 참말로 어렵습디다. 간단하지 않아요… 뭐랄까, 절망했디요, 절망… 간단하게 말해서, 남쪽 사람들 이야기는 나는 예술가지 기술자가 아니다 라는 거요. 그러니까, 나를 거저 단순히 손재간 좋은 기술자로 쳐버리는 거라. 내 말 알아 듣습네까? 그런 기능은 사진기나 컴퓨터 로보트 같은 기계에 맡기면 된다고 아주 노골적으로 말하는 사람도 많고… 하지만 나는 예술의 사실적 형식은 흘러간 전시대의 것이 아니라 새롭게 다가가야 할 과제를 가진 것이라고 보는 겁네다. 아시갔습네까? 또 어떤 사람들은 미술은 어디까지나 순수하고 자유로워야 한다, 미술은 정권의 시녀나 도구가 아니다, 사회주의 리얼리즘에서 배울 것은 하나도 없다, 그것은 우리와 아무런 상관이 없는 미술이다… 이렇게 주장하면서 세상과는 아무런 상관도 없는 그림만 그리고… 기거이 음풍농월과 뭐 다릅네까?

– 예술은 혁명의 도구다?

– 아니 꼭 기른 말이 아니구… 말 나온 김에 좀 더 말해도 되갔습네까?

　　　　　　　　　　　　　　그림 그림자

- 그러세요. 나도 듣고 싶군요.

- 내가 보기에는 이렇구만요. 지금 여기 미술이 현실생활과는 너무 동떨어져 있는 거 아닌가… 일부 특수한 사람들만의 별세계 아닌가? 말로는 "예술은 모든 대중을 위한 것이다."라고 떠들지만, 미술의 문은 점점 좁아지고 있디 않습네까? 일반대중이 들어가서 미술작품을 감상하고, 풍요한 삶의 정서를 즐기거나, 눈을 새롭게 뜨고 세상과 자신을 돌아볼 기회를 가지기가 점점 더 어려워지고 있단 말입네다. 안 그렇습네까? 게다가, 미술가들은 시장 눈치 보기 바쁘지요. 기르니, 사회 문제의식, 고발이나 권력비판처럼 기득권층 고객의 심기를 건드릴 것 같은 창작은 피하게 되지… 특별한 전략이 아닌 다음엔 우선 피하고 보는 것이 보통이디요? 세상과 담 쌓고 순수예술을 하는 게 현명하다는 생각 아닙네까?… 거 뭐이요, 블랙리스트라는 거니 뭐니… 다 그런 거 아닙네까? 아이구 이거 내가 너무 떠들었구만요, 안 됐습네다.

- 그렇지 않은 작가들도 많지요. 현실에 민감하게 반응하는 작가들도 많아요. 이를 테면 민중미술 작가들이나…

- 아, 민중미술…. 길쎄올시다레. 거기 대해선 별로 말하고 싶지 않구만요. 그림은 머리나 입으로 그리는 거이 아니디요, 손으로 그리는 거이디… 안 그렇습네까? 아, 그 사람들은 손이 아니라 가슴과 진심으로 그려야 한다고 말

하갔지요. 어쨌거나 우리레 지겹도록 그런 일에 시달렸으니… 더 생각하고 싶지 않구만요, 이해하시라요. 거 한 잔 더 주실랍네까? 거 술이 참 맛있구만요. 오랜만에 그림 이야기를 해서 그런가…

　- 거 듣고 보니 우리가 무심한 사이에 마음고생이 참 많으셨네요. 미안합니다. 내가 대신 사과드리지요.

　- 말하면 뭐 하갔습네까… 북에서는 그런대로 대접 받다가 졸지에 기술자로 전락했으니… 하지만 어카겠소. 어쨌거나 그림으로 먹고 살아야 하니까 이것 저것 마구 그렸지. 벽에 걸기 좋은 예쁜 장식용 그림도 그리고, 초상화도 그리고… 그거 참 재미없고 내 자신이 비참해집디다. 그림 그리는 게 괴롭기는 난생 처음이었디요. 초상화 정도야 눈 감고도 얼마든지 잘 그릴 수 있다고 자신했는데, 막상 해 보니 주문도 별로 없고… 어쩌다 그린다 해도… 거 뭐입네까, 뽀샵이라고 그럽네까… 그런 것만 자꾸 원하고… 저마다 연예인처럼 그려달라 기르니… 내레 못난 인물 멋지게 그리는 일엔 이골이 난 사람입네다만… 한 마디로 그림에 대한 기본 생각이 다른 거이디… 그나마 주문이나 이어졌으면 호구지책으로 참고 그랬을 텐데… 장식 그림도 그래요… 먹고 살자고 그리긴 했지만… 장미꽃이니 푸른 초원에 물레방아 돌아가는 풍경이니 드넓은 골프장이니… 그런 걸 그리는 게 우리네 삶과 무슨 관계인지… 나중에는…

솜씨 참 좋으신데 가짜 그림 그려서 떼돈 법시다, 형님은 그리기만 하셔 파는 건 내가 다 알아서 할 테니… 이런 사기꾼마저 붙습디다.

– 만수대 창작단에서도 그런 장식 그림 많이 그리지 않았나요? 내가 듣기로는 요새 그런 그림으로 외화벌이에 한창이라고 하던데…

– 그래도 그땐 그리고 싶은 걸 그리니까…

– 선생께서도 외화벌이에 동원되셨나?

– 했디요. 당이 시키면 하는 거니까, 안 할 수 없디… 외국으로도 자주 나갔디… 아프리카로 독일로… 거대한 동상 만드는 작업에도 나가고…

– 아 그 세네갈에 세운 청동상! 그거 엄청 크더구만요.

– 아, 세네갈 '아프리카의 르네상스' 청동상 말씀이로구만. 기거이 세네갈이 2010년 프랑스 식민지로부터의 독립 50주년을 기념하여 세운 동상인데, 높이가 약 50m나 되니까, 미국이 자랑하는 뉴욕의 자유의 여신상 46m짜리보다 더 높디… 우리 아니면 그렇게 큰 동상을 그렇게 싸게 그렇게 빨리 못 만들디, 거럼!

– 그런 동상 만드는 일도 했어요? 그림만 그린 것이 아니라…?

– 그림이나 조각이나 그게 그거이디 뭐… 내레 워낙 실력이 뛰어나다고 인정 받았으니까… 그렇게 큰 조각을 만

드는 데는 뛰어난 기술자가 필요하디…

　- 남쪽에서도 그런 동상이나 조형물 만드는 일이 많은 데…

　- 그런 일도 당연히 해봤디요… 하지만 실망뿐이었디… 노형께서 더 잘 아시겠구만… 나야 대학 교수가 아니니까 직접 일을 맡지는 못 하고, 조수 일을 하거나… 어떤 땐 하청 비슷하게 맡아서 내가 다 만들다시피 하기도 했지… 내레 워낙 손재간이 좋으니끼니… 기른데…

　- 이번엔 또 뭐가 문젭니까?

　- 돈이지 뭐… 돈…! 거 돈독이라는 거이 참말로 무섭습데다. 아, 이건 뭐, 모두가 그렇다는 거이 아니구, 어디까지나 내레 재수가 없어서 그런 험한 일을 당한 거디요. 오해 없으시기 바랍네다.

　- 우리 사이에 새삼스럽게 그런 예의 차릴 것 없고… 좀 자세히 말해 보시죠.

　- 한 마디로, 치사하게 약속한 급료를 자꾸 깎는 거디요. 그렇다고 하던 일을 중간에 그만 둘 수도 없는 노릇이구… 작가 양심상 무책임한 그런 짓은 못하디요. 훗날 알고 보니 그 일을 맡은 대학 교수라는 작자도 사정이 참 딱하두만… 돈 새는 데가 한두 군데가 아닌 거라. 거간꾼, 여기서는 부로까라고 그럽네까, 거기 뜯기고, 발주 담당자나 나라 일 보는 담당 공무원 나으리도 찔러줘야지, 큰 일 맡았

다고 친구들에게 축하주도 크게 한 턱 내야디, 걸핏하면 일의 규모가 줄어들기도 하고… 그러니 어쩝네까, 우리 같은 불쌍한 사람들 품삯 깎고, 주물공장 후려치고… 뻔히 알면서도 정말 못할 짓을 하는 거지… 품삯 깎는 건 그렇다 치고, 정말 참기 어려운 건 작품을 엉터리로 만드는 거요. 어떻게 하면 조금이라도 더 잘 만들까 궁리해도 모자랄 판에… 이건 뭐 돈 아낄 궁리만 하는 거라. 그러니 잔꾀만 늘고 눈속임만 부리게 되는 거지. 선수끼리 척 보면 아는 일인데도 서로 보고도 모른 척… 미술가의 양심상 울화가 치밀어서 더 견딜 수가 없습데다. 박차고 나와버렸지… 물론 품삯도 못 받고… 그래도 궁금해서 나중에 완성해놓은 걸 가보면, 아이구 차마 눈 뜨고 못 보겠습데다. 북쪽에서 같으면 당장에 난리가 날 노릇이지… 이런 이야기 신문에도 가끔 나던데 못 보셨습네까? 아, 이건 뭐, 모두가 그렇다는 거이 아니구, 어디까지나 내레 재수가 없어서 그런 험한 일을 당한 거디요. 거럼요! 절대 오해 없으시기 바랍네다.

- 그런 걱정일랑 마시고… 그래서 다시 북으로 가려고 했다? 북에 가면 대환영 받고, 전처럼 대접 받을 거라고 생각하셨나?

- 그럴 리 있나! 내레 바보 천치가 아닌데 그런 꿈을 꿀리가…

- 그러면 도대체 왜?

- 제3국으로 갈 계획이었디요.

- 제3국? 반공포로도 아닌데 제3국은 무슨 얼어죽을 놈
의 제3국?

- 솜씨 좋은 기술자를 필요로 하는 나라가 이 세상 어디
엔가 있을 거라고 믿는 거디… 아프리카나 남미 어드메쯤
에…

- 그거야 우리나라에서도 얼마든지 할 수 있지요. 우리
가 소개해줄 수도 있어요.

- 물론 그럴 수 있겠디요. 내 정도 솜씨와 기술이면 밥이
야 굶지 않겠디… 하지만 자존심이…

- 제3국에 간다고 자존심이 세워질까요?

- 오죽하면 그런 생각을 하겠나요… 잘 알면서도 일부러
무시하는 것과 진심으로 기술에 감탄하는 건 근본적으로
아주 다르디… 전에 아프리카에서 일하면서 보니 진심으
로 우리 솜씨에 감탄하면서, 서로 배우려고 열심입디다.
인류에 조금이라도 보탬이 되는 거이 사람의 도리 아닙네
까? 여기서 의심의 눈초리 받으며 무시당하는 것보다야…
아, 그건 배부른 소리고, 솔직히 말하자면 난 여기서 비참
하게 패배한 낙오자일 뿐이요… 패배자에겐 선택의 여지
가 없는 법이디… 안 그렇습네까?

- 그런데, 조서를 보면… 선생께선 제3국으로 가려던 것

이 아니라, 분명히 북으로 넘어가려다가 체포된 겁니다. 언론에도 그렇게 보도되었고… 아닌가요?

－우리끼리니까 한 마디만 더 합시다. 다른 나라로 가기 전에… 마지막으로 북에 두고 온 딸아이를 만나고 싶어서…

－뭐라구? 그럼 그동안 북쪽의 따님과 연락이 있었단 말인가?

－아니, 기른 거이 아니고… 지난 번 겨울올림픽 때… 우연히 텔레비전을 보는데… 딸아이가 공연단에… 어쩌다가 화면에 얼굴이 크게 비치는데… 무언가를 찾는 듯한 그 간절한 눈망울이… 그 눈망울이 내 눈과 딱 마주치는 것만 같아서… 난 그만 그 자리에 무너져버리고 말았수다. 아, 당신과 나 사이에 삼팔선이 없었다면…

－오호! 그러셨구만… 그러니까, 당신과 나 사이에 삼팔선이 없었다면… 허허, 이거 신파가 나오면 끝장인데… 마지막으로 한 가지만 더 물읍시다. 통일이 되면 이런 문제가 해결될 거라고 봅니까? 선생과 내가 이렇게 아웅다웅할 일도 없어지고…?

－글쎄… 솔직히 말해서 잘 모르겠수다. 처음에는 그렇게 굳게 믿었는데… 점점 자신이 없어지누만… 형씨는 그렇게 믿으시우?

－자자, 한 잔 더 받으슈, 눈물 거두고… 아, 싸나이 대장

부가 울긴 왜 울어!

*

　- 교수님 수고 많으셨습니다. 감사합니다.

　- 대화 내용은 다 들으셨죠? 녹음도 했을 테고…

　- 물론이죠. 그런데, 교수님… 저 사람 말이 사실인가
요?

　- 그거야 당국이 판단하실 일이지.

　- 아니 그것 말고… 우리 미술계의 현실에 대한 이야기
들… 말입니다.

　- 글쎄요, 내가 보기엔 대체로 맞는 이야기 같은데…?

　- 아유, 그럼 적극적으로 말려야겠네…

　- 말리다니 뭘?

　- 아, 제 딸아이가 미술대학에 가겠다구 어찌나 떼를 쓰
는지 골치가 아파서…

그림도둑 일기

아, 너무 어둡네.

창문이 하나도 없어서 그렇군.

작은 창이라도 있으면 달빛이 들어올 텐데…

회중전등 불빛 안에 들어오는 풍경은 다른 곳이나 별 다를 바 없었다. 비슷하게 쓸쓸했다. 컵라면 찌꺼기에 김치 냄새, 씻어야 할 그릇으로 가득한 개수대, 위풍당당 몇 줄로 도열한 술병들, 어울리지 않게 고급스럽고 값비싼 커피 짜는 기계들…

그리고, 방금이라도 귀신이 나올 것처럼 어지럽기 짝이 없는 물감, 붓, 걸레 등이 빚어내는 혼돈… 그리다만 그림에 덕지덕지 붙어 있는 한숨, 좁아터진 공간에 낡아빠진 가구 몇 개… 화가들의 작업실 풍경은 대개가 비슷하다. 아, 물론 가난한 화가들의 이야기다. 대가나 유명 작가들의 화실은 아직 가보지 못해서 모르겠다.

벽에 기대 늘어서있는 많은 작품 중에서 주문한 사람 마음에 들 것 같은 것 몇 점을 주섬주섬 챙겼다. 대충 보면 안다, 어떤 것이 쓸 만한 그림인지. 나의 운반 능력이 보잘 것 없는 관계로 너무 큰 그림은 곤란하다. 유감이다.

잔뜩 쌓여 있는 작품들을 보니 저절로 한숨이 나온다. 미친 듯이 그려대는데 거의 팔리지는 않으니, 한 없이 쌓일 수밖에…

쌓여 있는 작품이 이 정도라면, 아, 친구도 위로와 도움이 필요한 영혼이로구만… 무척 외롭겠구만… 자료를 보니, 나이도 어지간히 먹었던데…

창작과 경제원리의 함수관계는 무엇인가? 얼마 전에 읽은 글의 한 구절이 떠오른다. 간추리면 이런 내용이다.

한 장면으로 모든 것을 표현해야 하는 공간예술인 미술에서는 작품의 크기가 매우 중요한 요소다. 그림의 크기는 축소된 사진이나 인쇄물로는 도저히 전달할 수 없는 그 어떤 것을 표현한다.

미술은 축약과 복제가 불가능한 유일한 예술이다. 문학은 책으로, 음악은 음반으로, 영화나 연극은 필름이나 테이프로 축약하고 복제할 수 있지만 미술은 그럴 수 없다. 큰 물질로 존재한다.

그래서 원화를 봐야 하고, 그걸 위해 커다란 미술관을

지어야 한다. 거기에는 선택된 극히 일부의 작품들만 전시, 보관된다. 수많은 작가들이 그린 수없이 많은 작품 중 어떤 식으로든 선택되는 것은 지극히 지극히 지극히 일부다.

선택되지 못한 작품들은 처치 곤란한 최고급 쓰레기가 된다. 버리기는 참으로 거북하고, 보관할 수는 없는 고귀한 영혼의 찌꺼기들, 피 썩는 냄새… 그동안 인류가 그린 작품들을 모두 한 자리에 모으면, 굉장히 굉장히 굉장히 어마어마한 산이 여러 개 되고도 남을 것이다.

*

아, 내 소개가 늦었네요. 나는 그림도둑이올시다. 아직은 배우는 중인 잔챙이지요. 일 시키는 사람이 찍어주는 젊은 작가 작업실에 한밤중에 스며들어가 그럴듯한 작품 몇 점 챙겨서, 지정된 곳에 배달하면 되는… 아주 단순한 일을 합니다. 그러니까, 단순한 배달 심부름꾼이지만, 한마디로 말해서 그림도둑인 셈이지요. 들키면 잡혀가는 건 결국 나일 테니까요… 좀 장식적으로 표현하자면 문화적 도둑 또는 예술적 도둑이랄까, 멋쟁이(?) 도둑이랄까…

사실 이깟 건 일도 아니죠. 어려울 것 하나도 없어요. 감시 카메라도 없으니 신경 쓸 것도 없고, 아무도 없는 곳에 들어가서 그림 몇 장 들고 나오면 되는 일이니 그야 말로 식은 죽 먹기죠. 구석에 처박혀있는 오래된 그림 중에서 쓸 만한 걸 고르는 게 요령이라면 요령입니다.

사실 그림 몇 장 없어져도 화가들은 잘 모릅니다. 자기가 뭘 그렸는지도 잘 모르는 것 같아요. 대범해서 그런 건지, 무심해서 그런 건지 잘 모르겠지만… 하긴 뭐, 정신없이 그리기에만 바쁘니까 그렇겠죠… 나중에 알아차린다 해도 또 그리면 되는 거니까…

그림을 들고 나오면서 가끔 미안하다는 생각이 들기도 하지만, 죄의식을 느끼거나 그런 건 아닙니다. 이런 공간이나마 가지고 자기 하고 싶은 일 할 수 있으니 나보다 백 배는 좋은 팔자라고 여겨지기 때문이죠. 흙수저는커녕 무(無)수저로 태어나 험한 세상 헤치며 살아남느라고 젊은 나이에 벌써 빛나는 별 세 개나 단 내 팔자에 비하면 하나님이죠. 그러니, 그림 몇 장 슬쩍한다고 그다지 미안할 거 없죠. 정 아쉬우면 또 그리면 될 테고… 사실 그 그림이라는 거 원가는 얼마 안 드는 거 아닙니까…

혹시 재수 없어서 잡혀간다 해도, 국립호텔에 들어가면 먹여주고 재워주는데 뭐가 걱정입니까. 고향집에 간 거나 마찬가지죠. 별이 세 개나 되니 아이들도 함부로 못 하지요. 이번에 또 들어가면 대장 진급하는 셈이네요.

놀면 뭐 하겠습니까, 그림 훔치는 짓이라도 해야지…

그림 그림자

이왕에 이 길로 들어섰으니 열심히 해서 이 방면의 최고 전문가가 되고 싶다는 욕심이 생기기도 합니다. 그런대로 전망이 좋아 보여요. 깨끗하고 쉽게 큰 돈 벌수도 있고, 뭔가 문화사업 같은 냄새도 풍기고…

그래서 요새는 팔자에 없는 책도 부지런히 읽고, 전시회 구경도 다니고, 신문에 난 미술기사도 챙겨봅니다. 문화인 흉내 내는 거죠. 세상에 공짜는 없고, 결국은 노력하는 놈이 이기는 거 아닙니까… 일찍 일어나는 새가 벌레 한 마리라도 더 챙겨 먹는 것처럼…

물론 처음엔 무척 힘들었죠. 가방끈 짧은 놈이 책 읽는 게 얼마나 힘든지 모르시죠? 책처럼 강력한 수면제도 없어요. 그냥 잡았다하면 졸리니… 그런 고역도 참고 하다 보니 이젠 제법 잘 합니다. 그나마 국립호텔에 있을 때 좋은 선생님을 만나 책을 더러 읽었던 것이 큰 도움이 되는 군요. 선생님 감사합니다. 아직도 살아계실지…?

전시회는 점찍어 놓은 작가의 것을 주로 챙겨봅니다. 그래야 돈 될 만한 것을 잽싸게 집어올 수 있거든요. 전시회에 가서도 작가와 마주치는 건 되도록 피합니다. 얼굴이 익으면 나중에 곤란한 장면이 생길 수도 있으니까요. 그래서 사람이 제일 없을 시간을 골라서 살짝 다녀옵니다.

책은 주로 그림도둑에 관한 것을 골라 읽지요. 무척 재미있고 흥미친진합니다. 가령 루브르박물관에서 모나리자

아줌마 사라진 이야기 같은 거 얼마나 재미있습니까. 한 구절 읽어볼까요.

미술은 돈이다, 그래서 훔친다.

훔치기가 힘들고, 성공해도 팔기가 어려워서 그렇지 미술품처럼 값비싼 물건도 흔치 않다. 물감 묻은 헝겊 한 장이 몇 억 달러가 넘어간다니…

전 세계적으로 예술품의 도난, 강절도가 마약 및 무기 밀거래나 돈 세탁보다 규모가 큰 범죄로 발전했다. 인터폴 자료에 따르면, 지난 1998년 한 해 동안 전세계에서 6만여 점의 예술품이 도난당했다. 이제 예술품 도둑은 더 이상 할리우드 영화의 소재가 아니라 일상의 흔한 일이 됐다.

세계를 놀라게 한 유명한 도난 사건의 최고봉은 역시 모나리자 도난사건이 단연 으뜸일 것이다.

1911년 8월 22일 루브르 박물관에서 모나리자가 도난당하는 사건이 발생했다. 벌건 대낮에 관람객들이 있는 가운데 감쪽같이 사라져버린 것이다. 온통 난리가 났고, 루브르 관장은 자리에서 물러났다.

범인은 1913년에 붙잡혔다. 범인은 이탈리아 사람이었는데 "나폴레옹이 훔쳐간 레오나르도 다 빈치의 명작을 고향인 이탈리아 사람들에게 돌려주려고 도둑질을 했다."

고 진술했다. 이 사건으로 인해서 모나리자는 엄청나게 유명해졌다.

모나리자를 훔친 범인은 '애국심' 때문이었다고 하지만, 거의 모든 예술품 도난사건은 돈 때문에 일어난다. 당연한 일이다. 왜냐하면 미술품은 비정상적으로 비싸기 때문에…

내게 일을 맡기는 사람은, 곧 뜰 것으로 보이는 젊은 작가의 작품을 집중적으로 수집하여, 조금 기다렸다가 팔아넘깁니다. 그러니까 햇병아리를 훔쳐다가 조금 시간이 지난 후 큰 닭으로 팔아 이득을 챙기는 거죠. 참 눈이 밝고, 촉이 좋아요. 쪽집게 점쟁이처럼 뜰 놈을 집어냅니다. 뜰지 안 뜰지를 어떻게 아는지, 정말 귀신같아요.

그 사람 어떻게 생겼는지 얼굴이라도 봤으면 좋겠는데, 아직 못 봤어요. 내게 하는 연락도 철저하게 비밀을 유지합니다. 하긴 뭐, 얼굴 알면 뭐합니까, 배달료만 꼬박꼬박 잘 주면 그만이지…

하긴 뭐, 좀 지나서 알고 보니 그거 별 거 아닙디다. 무슨 상을 받거나, 신문이나 잡지에 나는 작가를 눈여겨보다가 낌새가 있으면 낚아채는 겁니다. 텔레비전에라도 나오면 금상첨화지요. 잽싸게 내게 비밀 연락을 하지요, 그러면 내가 출동하여…

재고를 많이 가지고 있는 작가가 예상한 시기에도 뜨지 않고 가라앉을 기미가 있으면, 신문기자 불러내 술을 진창 대접한다는 소문도 들립니다.

아 참, 무식하기 짝이 없는 내가 보기에도, 한숨이 나옵니다. 도대체 미술작품을 누가 평가하는 것이고, 미술판을 누가 좌지우지하는 것인지… 궁금하기도 하고 한심하기도 하고… 신문이나 테레비에 나오면 뜨고, 일단 뜨고나면 승승장구라니, 신문이나 테레비가 무슨 고무보트라도 된단 말인가… 세상에 무식하기 짝이 없는 내가 보기에도…

하긴 뭐, 그런 건 내가 참견하고 걱정할 일이 아니지요. 내가 맡은 일만 사고 없이 잘 하면 되는 거지…

그렇게 일이 끊이지 않을 정도로 작가가 많으냐고요? 아, 그럼요, 작가는 저 하늘의 잔별보다 더 많아요. 물밑에 있어서 안 보여서 그렇지, 작가는 엄청나게 많아요. 무지막지하게 계속 나오지요. 해마다 전국의 미술대학에서 토해내는 새끼작가가 얼마나 많은지 아십니까? 닭이 바글대다 보면 어쩌다 꿩 비스무리한 날짐승도 나오는 법 아닙니까.

서당개 삼년이면 떡라면을 끓인다고, 열심히 하다 보니 내 눈도 조금씩 열립디다. 그것 참 신기하데요, 어느 날 눈이 슬그머니 열리면서 안 보이던 것이 보이는 거예요. 그만큼 절실했다는 얘기지… 절실하면 보인다구.

그래서 시키는 것 외에 내 나름대로 찍은 작가 작품을 시험 삼아 배달해봤죠. 그랬더니 뜻밖에도 아주 마음에 들어 하더군요. 날이 갈수록 내가 찍은 작가가 늘어갔고, 신기하게도 그런 작가가 뜨는 겁니다. 물놀이 공원에서 물을 가르며 시원스럽게 솟구쳐 오르는 돌고래처럼 뜨는 거예요. 그것 참 신기하기도 하고, 화투장 잘 맞을 때처럼 짜릿하기도 하고, 겁이 나기도 하데요.

아까도 말했지만, 이왕에 발을 들여놓았으니 이 방면의 전문가가 되고 싶네요. 아직은 주제넘고 조심스럽기도 합니다만… 그러려면 전문성을 길러야 합니다. 그래서, 난 추상화를 집중적으로 취급합니다. 추상화 중에서도 서정적이고 따스한 추상표현주의에 어쩐지 끌립니다. 요새 인기라는 단색화엔 별 관심이 없어요. 내 눈에는 그리다 만 것으로 보이기도 하고, 치사하게 물감을 너무 아끼는 것 같기도 하고…

물론 나도 새로운 감각의 설치미술이나 개념미술이라는 것도 취급하고 싶은데, 일을 나 혼자서 하는데다가 시원치 않은 운반시설인 오토바이로 영업을 하다 보니 아직은 엄두가 나지 않네요. 게다가 그런 걸 살 사람이 있을지도 알수 없고…

요새 설치적 개념미술 또는 개념적 설치미술이 대세라는데, 내가 보기에 두 가지는 확실히 다릅니다. 설치는 개념과 개념적으로 설치는 건 다르지요. 개념을 가지고 설쳐 대는 것과 우선 설쳐놓고 개념으로 마무리하는 건 완전히 달라요… 아무튼 난 그런 건 어느 쪽이건 취급하지 않습니다. 앞으로 어떻게 될지는 모르겠지만… 난 아무리 성공한다 해도, 상어 시체 같은 걸 거래하고 싶지는 않네요, 횟집 차리는 것도 아니고…

나는 지금 능력이 모자라서 밤에 숨어들어가 훔쳐오는 신세지만… 알고 보니까, 화상이라나 수집가라나 뭐 그런 문화적인 인간들은… 공개적으로 병아리 작가들 헐값으로 후려쳐, 데려다가 길러서 엄청난 값에 팔아넘기는 것이니 거기서 거기 아닌가요?… 그 사람들 요새는 아예 달걀을 사러 다닌다는 거 아닙니까… 한 쪽은 문화후원자로 존경 받는데 비해, 나는 잠재적 범죄자인 것이 다를 뿐… 그 사람들 경영철학이 "될성부른 나무는 떡잎부터 알아본다"라 더군요.

결국은 돈이죠, 돈이 모든 걸 말하는 세상… 그걸 영어로 뭐라고 한다던데, 난 잘 모르겠습니다, 가방 끈이 짧아서…

내가 그림도둑 짓을 하는 것도 결국은 돈 때문인데, 알고 보니 이게 벼룩이 간을 빼먹는 일이로군요. 그래서 괴로워요. 신문에서 한국 예술가들의 평균 수입이 얼마인데

그림 그림자

최저 생활비에도 턱 없이 못 미친다 어쩌구저쩌구 그런 기사를 읽으면 나도 모르게 눈물이 나는 겁니다. 그런 기사를 읽고 나면, 이거 내가 무슨 짓을 하는 건가 싶어서 며칠 일을 못나가지요.

그런 내가 확실하게 변한 것은 그 날 그 일이 있고부터 올시다.

*

그 날도 머지않아 뜰 예정인 젊은 작가의 작업실에 숨어 들어갔다. 내가 좋아하는 따스한 추상화를 그리는 화가로 내가 보기에도 곧 뜰 것 같은 작가였다. 그 친구 작업실이 변두리 한 구석에 있어서 가는데 힘깨나 들었다. 알고 보니, 버려지다시피 한 동네에 가난한 예술가들이 들어가 유명하게 만들어 놓으면, 카페나 술집 밀고 들어와 장사 잘 되고, 기다렸다는 듯이 집세가 번쩍 튀어 오르고, 못 견딘 예술가는 더 변두리로 밀려나고… 그 바람에 나 같은 도둑놈도 일하러 한참 변두리까지 가야하는 번거로움이 자꾸 생기곤 했다.

아무튼 늘 하던 일이니, 별 생각 없이 그림들을 뒤적이며 쓸 만한 것을 고르고 있는데… 한 구석에 숨겨놓은 듯 헝겊으로 덮여 있는 무더기가 하나 보였다.

이건 또 뭐야? 호기심에 덮어놓은 헝겊을 벗겨보니…
아, 그건 그림공장 그림들이었다. 흰 눈 덮인 산과 장난감
처럼 예쁜 집과 느닷없는 물레방아가 어우러진 풍경화, 국
적불명의 장식적 정물화… 그런 이발소 그림… 밀레의 만
종이나 이삭줍기, 고흐의 감자 먹는 사람들을 대충 베긴
그림도 있었다.

그 그림들을 보는 순간 나도 모르게 눈물이 왈칵 솟았
다. 사정이 단박에 읽혔다. 얼마 전에 읽은 예술가들의 평
균 수입이 최저 생활비에도 못 미치고 어쩌고 하는 신문기
사가 떠올랐다. 화가 나고, 슬펐다.

아, 먹고 살자고 이 그림을 그리면서 화가는 얼마나 속
으로 흐느껴 울었을까. 술에 잔뜩 취해서 그렸겠지, 아마
도 그랬겠지, 남에게 보이고 싶지 않아 헝겊으로 덮어 숨
겨놓았겠지…

대가 반열에 오른 어떤 원로화가께서 자기도 젊은 시절
가난해서 그림공장 그림을 그렸노라, 하지만 그 당시의 경
험이 작가생활에 도움이 된 점도 있다고 말한 기사를 읽은
적이 있지만, 그거야 성공한 후에 아름답게 각색한 추억담
일 뿐이지… 이런 그림을 그리느라고 금쪽 같은 시간을 허
비하고 있는 젊은 작가의 마음은 오죽하랴, 아무리 목구멍
이 포도청이라지만…

나는 훔쳐가려고 골랐던 그림들을 제자리에 얌전하게

가져다 놓았다.

그날 나를 울린 또 하나는 이발소그림의 독특한 향기였다. 그림을 보고 울다니, 내 인생에 그런 감동을 경험할 줄이야…

밀레의 이삭줍기는 내가 태어나서 가장 처음으로 본 그림이다. 어쩐 일인지 그 그림이 어린 시절 가난한 우리 집 벽에 붙어 있었다. 오며가며 어쩔 수 없이 감상한 그 그림은 내게 "그림이란 이런 것이다."라는 인식을 단단히 심어주었다. 말하자면, 그 그림은 내 시지각(視知覺)의 원형인 셈이다.

그리고 이발소 그림들…… 어린 시절 아버지는 갑자기 돌아가시기 전까지 이발소에서 일했고, 그 이발소에는 저런 그림들이 걸려 있었다. 서양 어느 나라의 흰 눈 덮인 산과 장난감 같은 집과 느닷없는 물레방아가 어우러진 풍경화, 국적불명의 장식적 정물화, 삶이 그대를 속일지라도 어쩌구…

그 그림들을 보는 순간 나는 또 눈물을 흘렸다. 참을 수가 없었다. 그림들이 나를 손짓해 부르는 것 같았다.

어서 와, 추억 속으로 들어와, 마음껏 울고 가렴…

어서 와, 그림 속으로 들어와, 그림이 널 구원해줄지도 모른단다.

아, 내게도 아름다운 어린 시절이 있었구나, 비록 아주 짧기는 했지만… 그 아름다운 추억 한가운데 그림이 있었구나… 아버지는 하늘나라에서 잘 계실까, 거기서도 아이들 머리를 깎고 계실까, 나는 왜 아버지 생각을 한 번도 안 했지…

나는 밀레의 작품을 대충 베낀 그림을 한 장 소중하게 챙기고, 주머니를 뒤져 있는 돈을 모두 털어 작업대 위에 놓고… 조용히 나왔다. 자꾸 눈물이 흘렀다. 그 그림은 내가 돈을 주고 산 최초의 작품이었다.

*

그 후로 나는 주제넘게도 미술계의 홍길동이나 로빈 후드가 되기로 마음 먹었습니다.

위험을 무릅쓰고 중견작가나 약간 뜬 작가의 작품을 훔쳐다 판 돈으로 가난하지만 가능성 있는 젊은 작가 작업실에 놓고 오는 일을 하기 시작했지요. 혹시 자존심 상할까 걱정되어 캔버스나 물감을 작업실 앞에 놓고 오기도 했습니다. 그 친구들 쓸데없이 자존심이 강한 수가 많거든요. 아무리 쪼들려도 그렇지, 도둑놈 신세를 진다고 생각하면 저라도 자존심 상하겠습니다.

유명 작가 작업실을 터는 건 물론 위험한 일이지요. 좋은 동네라 경비가 삼엄하고, 건물이 워낙 튼튼하여 들어가기도 어려운데다가, 성능 좋은 감시 카메라가 설치되어 있기도 하고, 사람보다 팔자 늘어진 커다란 개가 으르렁거리기도 하니까…

그래도 그걸 훔쳐야, 나도 먹고 살고 가난한 작가들을 도울 수 있으니 그만둘 수가 없네요. 그래서 요새는 미술 도둑 이야기 책을 더욱 열심히 읽으며 부지런히 배우고 있습니다. 그런 영화도 보고 또 보고 하지요.

실력이 좀 붙으면, 앞으로는 소문난 부자 수집가의 창고를 털어볼까 생각하며 이리저리 머리를 굴려보기도 합니다. 아니면 재벌회사가 비자금을 마련하기 위해 비싼 그림들을 잔뜩 숨겨놓았다는데, 그걸 털면 어떨까… 그런 건 털려도 신고는커녕 찍 소리도 못하고 쉬쉬할 거 아닙니까…

아이구, 그렇게 걱정을 해주시니 황송무지올시다만, 저야 뭐 잡혀봐야 국립호텔에 들어가서 공부 제대로 하고, 대장으로 진급하여 별 네 개 달고 보무당당하게 나올 텐데 뭐가 걱정입니까. 아무 걱정 마세요. 신영복 선생님께서도 말씀하셨지만, 우리나라 국립호텔 참 좋은 대학입니다.

주제넘은 말씀입니다만, 제 걱정은 마시고, 유망한 젊은 작가들 작품에 관심을 가져주시면 정말로 고맙겠습니다.

원근법 아시지요?

옛날 옛날 먼 옛날 호랑이 담배 먹던 시절의 이야기 한 토막.

옛날에 옛날에 복부인이라는 벼락부자들이 한창 요란하게 설쳐대던 시절, 복부인들 사이에 자성의 목소리가 은밀하게 번지기 시작했는데…

자, 우리가 돈은 어지간히 벌었으니, 이제는 거기에 꼭 어울리는 높은 교양과 향기로운 품격을 갖추는 것이 좋겠다.

어찌하면 좋을꼬?

우선 눈에 보이는 것이 중요하겠지… 그럴듯한 미술작품으로 집안의 품격을 높이는 것이 어떨까? 아름답고 향기롭게!

그거 그럴듯하다! 아름답고 향기롭게!

골프채 휘두르는 거와는 차원이 다르지!

투자가치도 제법 쏠쏠하대!

그림 그림자

좋다, 좋다, 아주 좋다!

이렇게 하여 복부인들이 졸지에 골부인으로 변신했다. 골프 치는 골부인이 아니라 골동품과 미술작품을 사랑하는 골부인…

골부인의 선구자 격인 안갑분 여사께서 솔선수범 모범을 보이기 위해 유명 대학 교수 겸 인기 작가의 작품 한 점을 비싼 돈 주고 구입하여, 응접실 가장 잘 보이는 자리에 걸어놓고 보니, 과연 졸지에 교양적 문화인이 된 느낌적 느낌이 가득하고, 고상한 향기가 온 집안을 넘실댄다. 아, 그림의 힘이 이렇게 대단하구나!

자랑을 하고 싶어서 동네 골부인들을 초대하여 조촐한 티 파티를 열었다. 어찌 소문이 퍼졌는지 온 동네 복부인 골부인들이 와글와글 모여들어 감탄을 하는구나.

어머어머, 어쩜 부터에 교양티가 철철 넘치네!

이거 어디서 사셨어요? 얼마 주셨나?

떼익! 그런 교양 없는 질문을!

하긴, 순 진짜 정말 100프로 오리지날 원작 그림을, 그것도 유명한 작가의 그림을 난생 처음 가까이에서 보는 것이니 감탄을 금하지 못 할 수밖에… 덕분에 안갑분 여사의 안목과 품위가 한껏 빛을 발한다. 반짝반짝!

벽에 걸린 그림에는 미끈하게 잘 생긴 학 한 쌍이 다정하게 나무 위에 앉아 있었다. 사랑을 나누는 모습이라는 친절한 설명이 뒤따랐다.

　어머나, 사랑! 너무너무 부러워!!

　사랑에 목마른 복부인들 침 삼키는 소리 요란하다. 꼴깍 꼬올깍꼬올까악.

　한껏 기분 좋아진 안갑분 여사가 내친 김에 점심까지 거나하게 쐈다는 이야기가 전해지는데, 진위 여부는 불분명하다. 하지만, 모든 복부인네들의 콧대를 한 방에 눌러버린 그림의 힘에 놀란 것만은 분명한 사실이라고 한다.

　그리고 얼마 후, 같은 단지에 사는 복부인 겸 골부인 나을숙 여사도, 염병순 여사도 그림을 사서 응접실에 걸었는데, 모두 학 그림이어서 급기야 이 마을이 학마을이 될 전망이라는 소문이 바람을 타고 돌았다.

　나을숙 여사네서 그림들이 티 파티를 개최한다는 초청장이 왔다. (이들은 이런 모임을 '그림들이' 또는 '작품들이'라는 낱말로 불렀는데, 그것은 집들이에서 유래된 것이다.)

　티 파티에 가서보니, 안갑분 여사네 학 그림과 똑같은 작가가 그린 똑같은 크기의 똑같은 구도의 그림인데, 다만 여기엔 학이 세 마리였다. 부부가 사랑의 결실인 새끼를 낳고 기뻐하는 장면이라는 설명이 뒤따랐다.

　은밀하게 물어보니 그림값도 똑같았다.

　복부인 겸 골부인 안갑분 여사의 인간적 분노가 폭발했

다. 불의를 참지 못하고, 매사에 계산이 철저하게 정확한 안 여사가 분노한 것은 지극히 당연한 일이었다.

이건 있을 수 없는 일이다! 셈이 틀렸다. 두 마리와 세 마리가 같은 값이라니, 이런 불공정은 도저히 용납할 수 없다. 이런 불의를 그냥 넘어가서는 안 된다.

불의를 참지 못하는 안갑분 여사는 그 길로 그림을 싸들고 미대 교수 겸 유명화가의 화실로 들이닥쳐서, 논리적으로 조분조분 첨예하게 따지고 들었다.

화가가 너그럽게 웃으며 말했다.

"그러니까, 학이 더 필요하신 모양이죠?"

"아니 꼭 그런 말이 아니라, 계산이 정확해야 우리 사회가 바르게 돌아간다는 말씀이에요, 내 말은! 계산이 정확해야!"

"알겠습니다. 놓고 가세요. 내가 셈을 맞춰드릴 테니…"

일주일 후에 다시 오시라는 화가의 말에 안갑분 여사는 교양과 품격 있게 그림을 놓고 조용히 나왔다. 화실은 온통 학으로 가득했다. 어디선가 학 똥 냄새가 나는 것 같기도 했다.

일주일 후에 안갑분 여사는 기대에 부푼 가슴을 누르며 화가의 화실로 가서, 교양과 품격 있게 들어섰다. 학을 더 그렸거나, 아니면 값을 깎아주거나 하겠지, 그게 사회 정의에 맞는 일이지…

하지만, 안갑분 여사의 그림에는 아무런 달라진 점이 없었다. 변함없이 학 두 마리가 사랑을 하고 있었다. 불의를 참지 못하는 안갑분 여사의 얼굴 표정이 일그러지려는 순간, 미대 교수 겸 인기 화가께서 너그러운 웃음을 지으며 말했다.

"아, 사모님의 높은 예술적 안목에는 정말 감탄했습니다. 그래서 내가 애프터서비스를 좀 했습니다."

"애프터서비스? 무슨 말씀이신지?"

유명 화가께서 선비처럼 너그럽게 웃으며, 그림의 왼쪽 위 구석을 가리켰다.

"보이시죠? 안 여사님처럼 마음이 깨끗한 분의 눈에는 잘 보일 겁니다."

화가가 가리킨 곳에는 조그만 점이 세 개 찍혀 있었다.

"여기 보이시죠? 학 세 마리가 저 멀리서 날아오고 있는 게 보이시죠? 사모님처럼 영혼이 맑은 분에게는 선명하게 잘 보일 겁니다. 미국으로 시집간 따님이 남편과 아이를 데리고 엄마를 향해 날아오고 있는 장면이지요. 어때요? 잘 보이시죠. 안 여사님처럼 정신이 투명한 분에게는 아주 선명하게 잘 보일 겁니다. 어때요? 보이시죠?"

"네에… 보이네요… 아, 학 세 마리가 이리로 날아오고 있네요…"

"아, 역시 사모님의 안목은 대단하십니다. 이걸 선명하게 알아보시다니, 영혼이 참으로 맑고 깊으시네요, 향기로 워요."

거두절미하고, 매사에 계산이 정확하기로 소문난 복부인 겸 골부인 안갑분 여사는 그림을 가지고 조용히 교양과 품위 있게 물러 나왔다. 자신의 교양미와 품격에 스스로 감격하여 화가에게 고맙다는 인사까지 공손히 했다.

그 교양 넘치는 뒷모습을 향해 화가께서 한 말씀하셨다.

"멀리 있는 사물을 작고 희미하게 그리는 것을 원근법이라고 합니다. 그 정도는 아시죠? 워언 그은 뼈어업!"

〈오늘의 교훈 한 마디〉

화가로 성공하고 싶다면 말을 잘해야 한다. 손은 안 쓰고 머리와 입으로 작품을 제작하는 오늘날에는 더욱 그러하다. 물론, 약장사나 뱀장수처럼 그저 떠벌이는 것이 아니라, 어딘가 수줍고 어눌하고 사려 깊은 말투와 본질을 갈구하는 타는 목마름의 표정으로 듣는 이의 뒤통수를 후려갈겨야 한다.

그것이 어려우면 능숙한 미술평론가를 고용하는 것이 바람직하다.

그것도 어려우면 그냥 "화가는 오직 그림으로 말할 뿐이다"라고 푹 젖은 목소리로 속삭이듯 외치면 된다.

신 놀부타령

그때에 홍부가 제비 덕에 벼락 졸부가 되었다는 말이 사방에 퍼지니, 소식을 들은 놀부가 깜짝 놀라 심술보가 벌렁벌렁 욕심보가 두근두근 도저히 견딜 수가 없는지라⋯ 한 걸음에 쭈르르르 달려가 홍부집에 당도허니, 과연 아흔 아홉간 고래등 같은 고대광실에서 홍부가 번쩍번쩍 비단 옷자락 휘날리며 뛰어나와

"아이구, 형님이 오십니까?"

"오냐, 왔다, 이놈아."

"어서 올라가십시다."

인사를 받는둥 마는둥 집안을 잽싸게 휘이 둘러보니 과연 요란뻑적 휘황찬란 없는 것 없이 다 있는지라⋯ 속이 뒤집혀 심술보가 왈랑왈랑 욕심보가 벌러덩벌러덩.

"네 이놈! 바른 대로 이실직고 하렸다. 어디서 훔쳐왔느냐? 네 놈이 요새 밤이슬 맞는다는 소문이 정녕 사실이더냐?"

　　　　　　　　　　　　　　그림 그림자

"아이구 그 무슨 말씀을… 형님도 잘 아시고, 책에도 써 있는 대로 제비가 물어다준 박씨 덕에…"

"한 치도 거짓이 없으렸다? 그러면, 너와 내가 한 배에서 앞서거니 뒤서거니 사이좋게 나와 형님 먼저 아우 먼저 할 적에 네 것이 내 것이요, 내 것은 내 것이라! 그렇지 아니 하냐?"

"아무렴요, 형님 말씀이 지당타당이요."

"긴 말 할 것 없이 네 것은 내 것이요, 내 것도 내 것이니… 여기 있는 모든 것이 내 것이로구나. 그러냐 안 그러냐?"

"아무렴요, 원하시는 대로 가지고 가시지요."

"그러면 이 중에서 제일 값나가는 것을 냉큼 내오너라!"

"제일 값나가는 것이라…?"

흥부가 찾아서 놀부 앞에 내놓는 물건을 보니 그림, 유식한 전문용어로 미술작품이라. 놀부가 반신반의 고개를 갸우뚱거리며 묻기를

"이것이 도대체 무엇이냐? 헝겊에다 물감을 덕지덕지 바른 이것이 제일 값나가는 물건이라고? 네 이놈 누굴 놀리느냐!"

"놀리다니요? 이것이 정녕 제일 값나가는 물건입니다."

"이것이 무엇이란 말이냐?"

"형님, 이것이 예술작품이라 하는 것이올시다."

"예술? 이런 고얀 놈, 네가 감히 형님을 희롱하느냐?"

"희롱이라니요… 자고로 예술이란 값을 매길 수 없는 것이라…"

"자세히 일러라! 그러면 이것이 무엇이냐?"

"이것으로 말씀드리면, 방상 방 곡흐라는 사람이 그린 예술이요."

"헌데 해바라기가 어찌 이리 시들시들하냐? 이게 비싸다고?"

"그렇지요, 강남 고급 아파트 20채쯤은 너끈히 나가지요."

"흐이익! 아파트 스무 채? 네 이놈 지금 장난하냐?"

"어쩌면 더 나갈지도 모르지요."

"이깟 그림 한 장이 그리 비싸다면 그만한 까닭이 있을 터인즉?"

"세상에 오직 하나밖에 없는 예술작품이라. 단 하나밖에 없는데 저마다 가지고 싶어 침을 흘리니 날이 갈수록 천정부지로 값이 오를 밖에요…"

"오호…? 그럼 다른 것들도 마찬가지로 그렇게 비싸다는 말이냐?"

"물론입죠. 어느 안전이라고 헛소리를 아뢰겠습니까…"

"그러면 어디 조목조목 자세히 읊어보아라"

"에… 이건 피카소 작품으로 아파트 10채, 요건 마티스 작품으로 아파트 5채, 저건 샤갈 작품 아파트 5채…"

그림 그림자

"히이약!! 그럼… 이걸 모두 합하면… 강남의 고급 아파트가 무려 40채나 된다는 말이냐?"

"더 나갈지도 모르지요."

"잠깐 멈추어라! 좋은 꾀가 밀려온다. 이것이 그리 비싸다면… 손오공의 요술방맹이로 뚝딱 하여 여러 개를 만들면, 한층 큰 부자가 되지 않겠느냐? 그야 말로 손 안대고 코 푸는 격 아니냐?"

"과연 우리 형님이시오! 꾀가 참으로 장하시오! 허나 그것은 아니 됩니다."

"안 돼? 어째서? 왜?"

"형님 말씀대로 여러 개를 만들면 얼마나 좋으리요 마는… 여러 개를 만드는 것을 유식하게 말해서 '복제'라고 하는데, 복제를 하는 순간 그것은 작품이 아니라 제품으로 전락하게 되는데, 작품과 제품은 하늘과 땅 차이올시다. 값 비싼 것은 오직 하나뿐인 작품이기 때문이라. 이를 일러 희소가치의 법칙이라 하지요. 작품이냐 제품이냐 그것이 문제로다! 이런 저런 많은 예술 중에서도 오직 그림만이 복제가 불가능하지요. 오로지 그림만… 에, 알아듣기 쉽게 비유하여 설명하자면, 세상은 넓고 사람은 많지만 흥부는 단 하나요, 우리 형님 놀부도 오로지 한 분뿐이시고, 그래서 가치가 큰 것이나 마찬가지 이치지요."

"옳거니! 누구 동생인지 말 한 번 잘 한다, 기름깨나 마셨는지 매끈매끈 잘도 한다, 청산유수로구나!"

"형님 닮아 그렇지요."

"허면, 그 말을 뒤집으면… 오로지 그림만이 여전히 독과점의 횡포가 여전하고, 아직 민주화가 아니 되었다는… 그런 말 아니냐?"

"쉬이이이잇! 천기누설은 삼가시지요."

"쉬이이이잇! 천기누설은 삼가리다."

"절대로 쉬이이이잇!"

"절대로 쉬이이이잇! 그러면, 이리 비싼 것을 도둑, 사기꾼, 조폭 등이 그냥 둘 리가 없지 않느냐? 안 그러냐?"

"단 것에 벌레 안 꼬일 리 없지요. 진짜 같은 가짜 그림에, 귀신 뺨치는 도둑님에… 온통 난리법석입지요. 박물관에 걸려있던 작품이 감쪽같이 사라지는 일이 다반사요, 그림 때문에 살인도 서슴지 않고…"

"살인을? 이그 무시라!"

"그러니, 이것들의 존재는 형님과 저만 알아야 하는 겁니다. 아시겠습니까? 다른 사람에게는 절대로 쉬이이이잇!"

"절대로 쉬이이이잇! 그런데 이름들이 어찌 그리들 요상하게 꼬불꼬불하냐?"

"바다 건너 먼 나라 사람들이라 그렇습지요."

"다시 한 번 찬찬히 또박또박 읊어 보거라!"

"고호, 피카소, 마티스, 샤갈…"

"무엇이라구? 코피가마티사갈…? 허허 그것 참 장히 어렵구나. 혀 깨물기 십상이로다. 코피가마티사갈… 맞냐?"

"형님 마음대로 하시지요."

"그러면, 이것들이 모두 네 것이냐? 내 것이냐?"

"형님 마음대로 하시지요."

"그나저나 이것들이 모두 진품이냐? 하두 가짜가 설치는 세상이니…"

"그런 걱정 붙들어 매시지요. 그림 뒤에 진품보증서가 단단히 붙어있으니…"

"요놈들을 잘 묶어서 냉큼 나를 다오. 오늘은 내가 바빠서 이만 가겠기로, 그것만 가져가니, 다시 생각나는 대로 냉큼 와서 듬뿍 가져가마. 견물생심이라, 요놈 아파트들은 내가 지금 당장에 가지고 가야겠다."

"하인 편에 보내드릴 테니, 식사나 하고 가시지요."

"시끄럽다! 요새 세상에 믿을 놈이 어디 있느냐! 쇠뿔도 단 김에 빼랬다고, 내가 지금 당장 몸소 스스로 직접 메고 가야겠다. 아이구, 웬 아파트 사십 채가 이리도 가벼우냐? 얼럴럴 상사디야 지화자 좋구나!"

놀부가 단단히 꽁꽁 묶은 그림을 울러 메고 나서니 신바람이 절로 나는지라 더덩실 춤을 추며

얼럴럴 상사디야

아파트 사십 채 나가신다 길 비켜라

얼시구나 절시구 지화자 좋을 시고

코피가마티사갈… 나가신다 길 열어라

예술작품 나가신다 썩 물렀거라

작품이냐 제품이냐 그것이 문제로다

아파트 사십 채가 어찌 이리 가벼우냐

지화자 좋을시고 예술작품 나가신다

놀부가 생각할수록 너무 좋아 신이 나서 더덩실 춤을 추며 또랑을 폴짝 뛰어 넘다가… 아이쿠, 그만 이름을 까먹었구나.

아이구, 무엇이었더라? 코… 코사갈… 마피… 아닌데, 마피티코갈… 이것도 아닌데…

예라 모르겠다. 이름이야 아무러면 어떠냐? 예술이 중요하지! 아무렴.

내 사랑 예술, 너를 만나니 어찌 이리 반가우냐!

작품이냐 제품이냐 그것이 문제로다.

예술 만세 만만세!

아나 예술 봐라, 잘난 사람도 예술이요, 못난 놈도 예술이니.

온 세상 삼라만상 중에 예술이 으뜸이라!

이러구러 집에 당도하여 호기 좋게 우르르 들어서며

"여보게 마누라, 아파트 사십 채를 가져왔네!"

놀부 마누라 아파트 사십 채라는 소리에 놀라 버선발로 쪼르르르 달려나와 살펴보니 아파트는커녕 요상한 그림 몇 개 달랑이라.

"이 영감탱이가 돌았나? 정신 차려! 이따위 불쏘시개도 못할 것이 아파트라고?"

"이런 무식하기는! 그러게 아는 것이 힘이라 하였지! 이 사람아 이것이 예술이라는 아주 비싼 것일세, 예술!"

"술은 무슨 술? 술이라면 그저 좋아하고 자빠졌네."

"어흠, 잘 들으시게. 이 예술이라 하는 것으로 말할 것 같으면, 고상하고 귀하고, 이 세상에 단 하나밖에 없는 것이라. 그러니 비쌀 수밖에 없느니라. …가만 있자, 이름이 뭐더라, 또랑 건너다 깜빡했구만… 옳거니! 이제 생각났네, 잘 들으시게 놀라지 말고… 이것은 코피 아파트 20채, 요것은 피카피카 아파트 10채, 저것은 말티재 아파트 5채, 저것은 죽사발 아파트 5채! 모두 합하여 고급 아파트가 무려 40채! 이 무거운 걸 내가 직접 손수 메고 왔으니 얼마나 장하신가! 마누라 시원한 꿀물이라도 한 잔 냉큼 내오시게."

"그 말씀이 정말이유? 어디 한번 자세히 봅시다… 에그머니, 무슨 놈의 꽃이 이렇게 이상한감?"

"예술이란 이상할수록 비싸다네. 그걸 일러 개성이라 하네, 개성!"

"아이구, 이것은 왜 이리 망측한고? 귀신 나오겠네…"

"예술이란 망측할수록 값나간다네. 창조성이라네, 창조성!"

"아이구, 이건 괴상하고, 저건 요상하네…"

"괴상하고 요상할수록 귀하고 비싸다네! 예술성이라네, 예술성! 좀 배우시게, 배워서 남 주남."

"잠깐 멈추어라! 좋은 꾀가 밀려온다. 이것이 그리 비싸다면… 손오공의 요술방맹이로 뚝딱 하여 여러 개를 만들면, 더 큰 부자가 되지 않겠소? 그야 말로 손 안대고 코 푸는 격 아니요?"

"과연 우리 마누라로다! 꾀가 참으로 장하시요! 허나 그것은 아니 되네."

"안 돼? 어째서? 왜?"

"마누라 말대로 여러 개를 만들면 얼마나 좋으리요 마는… 이것들이 겁나게 비싼 것은, 값이 비싼 것은 오직 하나뿐인 작품이기 때문이라. 이를 일러 희소가치의 법칙이라 한다네. 작품이냐 제품이냐 그것이 문제로다! 에, 알아듣기 쉽게 비유하여 설명하자면, 세상은 넓고 사람은 많지만 놀부는 오직 나 하나뿐이라, 그래서 귀하고 아름답고 거룩한 거나 마찬가지 이치라네. 알아듣겠나?"

"알쏭달쏭 오리무중이요…"

"그리고, 이것들의 존재는 마누라와 나만 알아야 하네.

아시겠나? 까딱 잘못하다가는 목숨이 날아갈 수도 있으니, 다른 사람에게는 절대로 쉬이이이잇!"

"절대로 쉬이이이잇! 그런데, 이게 모두 진품이유? 하두 가짜가 판치는 세상이라."

"걱정 붙들어 매시게, 그림 뒤에 진품보증서가 단단히 붙어 있으니…"

"그나저나 영감… 이왕에 힘들게 아우집까지 행차하셨는데 겨우 요것만 가져오셨남?"

"뭐야, 아파트 40채가 겨우 요거라고?"

"이왕에 가는 거 커다란 짐차 가지고 가서 몽땅 실어오지 않구서…"

"힘들게 그럴 필요 없네. 우리도 제비 키우면 되네…"

"제비?"

"그렇지, 강남 제비! 정이월 다가고 3월이라네, 강남 갔던 제비가 돌아온다네…"

*

놀부가 제비에 상사병이 달려들어, 길짐승은 족제비를 사랑하고, 마른 그릇은 모제비만 사고, 음식은 칼제비 수제비만 하여 먹고, 종이 보면 간제비를 접고, 화가 나면 목제비를 하는구나.

자기 집 처마에 제비 둥지를 다닥다닥 만들어놓고 제비 몰이를 나간다. 강남이라 압구정 신사동 찍고 청담동 가로수길을 누비며, 또 먹었다 수제비, 잘 넘는다 공중제비, 무서워라 칼재비, 겁난다 총재비, 나는 싫어 쪽제비.

봄이 왔네 봄이 와, 강남 갔던 제비가 돌아온다네

온갖 새들이 목청 놓아 울어대는데

참새는 짹짹, 병아리는 삐약삐약

강남제비는 싸모님싸모님

지성이면 감천이요, 진인사 연후에 대천명이라, 놀부의 지성이 통했는지, 놀부집 처마에도 제비가 들었으니, 경사로다, 경사야!

제비가 오기는 왔는데, 떨어져 다리를 다치기는커녕 떨어질 꿈도 안 꾸는구나. 놀부가 조바심이 나서,

떨어지소 떨어지소 부러지소 부러지소

한 놈만 떨어져 다리몽둥이 댕강 부러지소

두 손 싹싹 비비어도 종시 아니 떨어지니, 에라 안 되겠다.

하늘은 스스로 돕는 자를 돕는다, 안 되면 되게 하라! 놀부가 직접 스스로 몸소 멀쩡한 제비 다리를 댕강 분지르고는,

아이고 어쩌나 부러졌네 부러졌네 불쌍해서 어쩌나

그림 그림자

제비 다리를 감을 때에 흥부보다 더 정성을 드려 값비싼 민어 껍질을 벗기어 세 겹을 거듭 싸고, 튼튼하고 굵다란 끈으로 단단히 동인 후에 제 집에 도로 넣는구나. 이름하여 병 주고 약 주기라.

거두절미, 이듬해 봄이 오니 놀부네도 강남 제비가 박씨를 물어다주니, 반갑구나 고맙구나!

양지 바른 땅에 조심조심 심고, 아침저녁으로 물 듬뿍 주고 거름 주고 비료 뿌리고 정성껏 김 매주는데, 자식농사를 그렇게 지성으로 지었으면 정승판서가 무더기로 나올 판이라…

아무려나 세월은 흘러 가을 되니, 보름달처럼 크고 탐스러운 박이 주렁주렁 지붕이 내려앉을 지경으로 열리니 경사로다, 큰 경사로다.

놀부 부부가 사주팔자를 계산하여 길일을 잡아 목욕재개하고 박을 타는데

어기여라 톱질이야 당겨주소 톱질이야

스르렁 슬근 톱질이야

이 박을 타거들랑 더도 말고 덜도 말고

예술이 와그르르 쏟아져 나와

벼락부자 되게 해주시오

작품이냐 제품이냐 그것이 문제로다

어기여라 톱질이야 당겨주소 톱질이야

예술이야 예술이야 스르렁 슬근 예술이야

첫째 박을 활짝 열어보니 과연 예술들이 와르르 나오는 구나. 경사로다 경사로다! 기뻐하며 살펴보니, 흥부네서 보던 것과는 사뭇 다른 모양새의 예술이라…

"어라, 이건 코피마티사갈이 아니네."

"더 좋은 걸거유. 우리가 밤낮으로 지극정성을 다했으니."

"그렇지, 예술의 생명은 다양성이라 하였으니… 어디보자! 이건 뭐냐? 온통 화투장을 그려놓았네."

"화투장? 당신 또 노름 시작했수?"

"이건 또 뭐냐? 온통 시퍼런 점만 잔뜩 찍어놨네! 그것 참! 다른 건 또 어떠냐? 이건 커다란 점 하나만 덩그라니 그려놨고, 이건 뭐 아무 것도 안 그리고 얼룩얼룩 연필질만 해놓았고… 허허 그것 참, 요상하다 괴이하다! 이것이 무엇이냐, 작품이냐 제품이냐 그것이 문제로다!"

"여보 영감, 여기 뒷면에 뭐라고 써 있는데… 이게 뭐라는 거유?"

놀부가 살펴보니 Nolvoobabo라고 써있구나. 놀부가 힐 끗 보고 큰 소리로 가로되.

"진품보증서로구만 그래! 마누라, 이 예술들 잘 보관하시계! 제품이 아니고 작품일세. 값나가는 것이 틀림 없네."

"알았어요. 어서 다른 박도 타봅시다."

어기여라 톱질이야 당겨주소 톱질이야

스스렁 슬근 톱질이야

이 박을 타거들랑 더도 말고 덜도 말고

예술일랑 이제 그만두고

양귀비 뺨치는 절세가인이나

사뿐사뿐 쏟아져 나오게 해주시오

어기여라 톱질이야 당겨주소 톱질이야

그 소리를 들은 놀부 마누라가 도끼눈을 치켜뜨고 옆에 놓인 박을 들어 놀부 머리통을 벼락처럼 내리치며

"무어라? 이 썩을 놈의 영감탱이!"

놀부 그대로 기절하여 정신이 없는 중에도 웅얼거리기를 "저 별은 나의 별, 저 별도 나의 별 모두 다 나의 별, 예술적으로 반짝이네… 작품이냐 제품이냐 그것이 문제로다"

어화 벗님들아, 지족자부(知足者富)요, 수분자족(守分自足)이라, 부디 만수무강하시고, 예술로 떼돈 벌 꿈일랑 아예 버리소서. 예술이란 그런 데 쓰는 물건이 절대 아니외다.

어기여라 톱질이야, 당겨주소 톱질이야, 스르렁 슬근 톱질이야…

그림으로 맺은 형제

히야, 그때 참 깜짝 놀랐네. 아주 오래 전 일인데도 지금도 손에 잡힐듯 생생하다구.

지네들도 알다시피 내가 젊었을 땐 그림도 그렸잖나, 지금은 조각만 하지만 말야. 주로 사람 얼굴을 그렸지. 얼굴에 인생이 아주 정직하게 고스란히 담겨 있다는 생각이 들어서… 얼굴은 거짓말을 못한다… 그런 생각에 참 열심히 그렸었지. 그런대로 인기도 있었구, 평도 나쁘지 않았었지… 그땐 철없이 제법 우쭐하기도 했었지…

아무튼 그 무렵의 일일세… 서울에서 개인전을 마치고 지방 초청 전시가 있었어, 전라도 광주였지. 그 당시는 지금과 달라서 지방 초청전시라는 게 흔하지 않을 때였지…

전시회 오프닝을 마치고 다음 날이었나? 아니야 다음다음 날이었군. 주중 대낮에, 그것도 지방에서 전시회 보러 오는 손님이 어디 있겠나? 설상가상으로 밖엔 비가 주룩주룩 청승맞게 내리는 날이었으니…

혼자 오둑허니 앉아서 처량하게 전시장을 지키고 있었지. 친구들과 소주나 한 잔 했으면 참말 좋겠다… 그런 생각을 하면서 말이지.

아 그런데, 그때 전시장 문이 확 열리면서, 찬바람이 쏴아 들이치고, 깍두기 머리에 시커먼 양복을 입은 떡대 좋은 젊은 녀석들이 우르르 몰려 들어오는 거야, 전시장 안으로 말이야. 깜짝 놀랐지! 이게 대체 무슨 일인가? 보아하니 조폭들인 것 같은데… 무슨 일일까?

아무튼 우람한 젊은이들이 일렬로 죽 늘어서니까, 그 사이로 두목 같은 친구가 등장하데! 몸집은 별로 크지 않은데, 차돌맹이처럼 딴딴하게 생긴 것이… 싸움 한번 잘 하게 생겼데…

두목이 탁 들어서더니 전시된 그림을 둘러보는 거야. 그러니까, 졸개들도 따라서 구경하고… 느닷없이 무슨 초현실주의 그림 같은 풍경이 벌어진 거지.

어쭈, 요것들 봐라! 그림 좋아하는 조폭이라니 난생 처음이다!

그 때 전시된 그림들이 예쁘장하고 쉬운 그림들이 아니었다구… 깡패를 무시하는 건 절대 아니지만… 아무튼 골치 아프고 불편한 그림들이었어요. 얼굴 그림들인데 드 꾸닝이나… 아, 권순철 씨 작품 같은 그런 험상궂은 그림들… 그런 그림들을 시커먼 양복의 깍두기 머리들이 도열해서 진지하게 감상하는 거야! 나 원, 무슨 영화 장면도 아니고… 완전히 초현실주의 그림이지!

그런데 말이야… 두목 녀석이 한 작품 앞에 딱 서더니 꼼짝을 안 해! 그러더니 느닷없이 눈물을 주르르 흘리는 거야, 굵은 눈물을… 그것 참 기분이 묘한데!

그리곤 그 그림 앞에 털썩 꿇어앉는 거야! 두목이 꿇어앉으니 졸개들도 모두 같은 자세로 꿇어앉더군. 그리곤 꼼짝도 않는 거야.

한참을 그렇게 무릎을 꿇고 앉아서 그림을 바라보며 눈물을 흘리고 있다가, 두목이 주먹으로 눈물을 닦으며 일어나더니 내게 아주 정중하게 허리를 꺾어 인사를 하더군. 왜 있잖나 조폭들이 자기 두목에게 하는 90도 인사 말씀이야. 물론 졸개들도 일제히 따라했지! 그리곤 아무 말도 없이 휘익 나가버리는 거야.

허허, 이게 도대체 무슨 놈의 조화 속이냐? 무슨 초현실주의 그림 같기도 하고, 어처구니가 없기도 하고 말씀이야…

그런데 조금 있다가 나도 모르게 가슴이 뜨거워지는데… 아, 내 그림을 보고 우는 사람이 있구나, 내 그림이 차돌맹이 같은 사나이를 울렸구나, 내 그림이! 무엇이 저 사나이를 울린 걸까?

자네들도 알다시피 그림을 보고 눈물을 흘린다는 게 보

그림 그림자

통 일이 아니지 않나, 그것도 다 큰 어른이! 더구나 목숨 걸고 거칠게 사는 사람… 솔직히 말해서, 난 다른 사람 그림 보고 울어본 일이 단 한 번도 없었거든, 단 한 번도! 자네들 그림 보고 울어본 적 있나?

그런데, 이 친구들이 전시회 끝나는 날까지 매일 나타나는 거라! 참 미치겠데! 그렇지 않아도 우중충한 그림이라고 소문이 난 모양인데, 조폭까지 드나든다는 소문이 퍼졌으니 누가 그림 보러 오겠나… 완전히 망했지.

전시회 마지막 날에는 놈들이 문 닫을 시간에 맞춰 우르르 나타나는 게 아닌가! 그 바람에 뒷풀이로 한 잔 하자고 찾아왔던 그 동네 예술패들은 모두 놀라서 눈이 둥그래지더니 슬금슬금 다 없어지더군, 순식간에 말씀이야…

놈들은 일사분란하게 그림 떼고 포장하고, 바닥 쓸고 물걸레질 하고, 뒷정리까지 말끔하게 해치우더군.

물론 놀랬지, 놈들이 작품을 다 뺏어가는 건가 하구 말이야! 아, 조폭들이 몰수하겠다는데… 힘없는 그림쟁이가 감히 안 된다고 할 수 있나? 어림도 없는 일이지! 그림이 목숨보다 더 중할 수야 없는 노릇이지, 안 그런가?

정리가 다 끝나자 두목이 내게 오더니 정중하게 인사를 하고는, 잠시 뜸을 들이더니 아주 조심스럽게 말하더군.

"선생님, 그림 잘 봤습니다. 정말 감사합니다. 그런데 저… 저 그림을 저한테 파실 수 없으신지요? 저기 걸렸던

저 그림… 제가 매일 와서 보던 그림말입니다…"

"아이구, 죄송합니다. 그 작품은 파는 것이 아닙니다만…
우리 어머니를 그린 것이라서…"

내 말에 두목 옆에 서 있던 부두목쯤 돼보이는 놈의 얼
굴이 험상궂게 일그러지더니 앞으로 나서려 하데… 두목
이 손을 들어 제지하더구만…

"아! 어머니…!!!! 그러시군요. 어머니를 팔 수야 없죠.
죄송합니다. 저 그림을 보면 울 엄니 생각이 나서… 나도
모르게 그만… 실수를 했군요. 용서하십시오."

두목은 진심으로 죄송한 표정으로 내게 90도로 절을 하
고 졸개들에게 명령하더군.

"애들아, 가자!"

그리곤 우르르 몰려나가는데… 그 순간, 이거 내가 뭔가
잘못하고 있다는 생각이 얼핏 들더군. 그래서 황급히 두목
등에 대고 말했네.

"저, 잠깐! 내가 당신 어머니를 그려드리리다…"

그 말을 들은 두목이 돌아서서 내게 오더니 손을 덥썩
잡으며 감격스러운 듯 말했네.

"정말이십니까? 감사합니다, 정말 감사합니다."

두목이 잡은 손에 힘을 주는데, 그 손이 생각보다 부드
럽데… 칼자욱 상처는 더러 있었지만 말이야.

"그럼 내일 내가 묵고 있는 여관으로 와주시겠습니까.

어머님 용모가 어떠신지를 자세히 알아야 그림을 그릴 수 있으니까…"

"알겠습니다!"

"그런데, 혼자 오세요. 단체로는 대화를 나눌 수 없으니까…"

"잘 알겠습니다. 분부대로 하겠습니다."

*

이튿날, 두목은 정말로 혼자 와서 날 조촐한 한정식집으로 데리고 가더군. 연방 황송하다는 표정으로 말이야.

히야, 전라도 한정식 정말 대단하더구만. 말로만 들었는데, 진짜 상다리가 부러질 지경이야. 그거 다 먹었다간 배가 터져 죽을 것 같더라고…

"그런데, 전시장엔 어떻게 오시게 되셨나요? 내가 별로 유명한 화가도 아닌데…"

"실은 그런 데는 난생 처음입니다. 지방 신문에 선생님 그림이 손톱만하게 실렸는데, 그 사진을 보는 순간 숨이 탁 멎는 것 같았습니다. 아, 울 엄니가 왜 여기 계신가? 엄니!"

"아, 그러셨군요. 혹시 어머니 사진 같은 거 있으시면 그리는데 도움이 될 텐데… 아주 작은 거라도 있으면… 주민등록증 사진 같은 거라도…"

"죄송합니다. 그럴 만하게 살질 못해서… 지금도 그렇습니다만…"

"어머니 용모를 설명해보시죠. 생각나는 대로… 알아야 그릴 수 있거든요."

"워낙 제가 어렸을 때 집을 뛰쳐나와버리는 바람에… 다시 뵌 건 돌아가시기 바로 전 며칠뿐이었습니다… 죽일 놈이죠, 제가… 아무리 철이 없었다지만…"

"그래도 잘 생각해 보세요. 그리고 되도록 자세하게 얘기해주세요. 그래야 그릴 수 있죠."

"네… 노력해 보죠."

"영화 가끔 보시죠? 어머니가 용모 어떻게 생기셨나요? 황정순처럼? 아니면 최은희? 도금봉?"

벙어리인가 싶을 정도로 거의 말이 없던 두목은 어머니 이야기가 나오자 감정이 복받치는지 갑자기 말이 많아지더군.

"아니… 그렇게 근사하지 않아요, 전혀… 동네사람들은 우리 엄니를 쭈그렝텡이라고 부르며 구박했습니다. 바깥일에 그을려 얼굴은 시커멓고… 마마자국으로 온통 얽었구요. 아이들까지도 쭈그렝텡이라고 놀리며 함부로 대했어요. 천벌 받을 말이지만, 나도 가끔 울 엄니 모습이 챙피했습니다. 다른 엄마들처럼 근사하면 얼마나 좋을까… 아이들은 나를 새끼 쭈그렝텡이라고 놀려대고, 그때마다 피터지게 싸우고… 그러다가 끝내 집을 뛰쳐나오고 말았지요. 엄니를 혼자 두고… 엄니, 용서하세요. 엄닌 날 기다리시다가 돌아가셨어요. 날마다 해질녘이면 동구 밖 수수밭에 앉아 하염없이 신작로를 바라보며 날 기다리셨대요, 울 엄니가 날마다 나를… 울 엄닌 평생 고생만 하고 구박만 받다가 일찍 돌아가셨지요. 난 울 엄니 놀리고 구박한 놈들에게 복수하겠다는 생각으로 악다구니로 살다가 지금 이 모양이 됐구요. 그게 그렇습디다. 따지고 보면 이 짓도 다 살자고 하는 악다구닌데, 난 목숨 내놓고 죽자고 싸우니… 날 당할 놈이 없지요. 엄니 생각을 하면 눈물이 복바쳐서 정말 무서운 게 없었지요."

"그러셨구나… 그 시절 어머니들이 대개 다 그러셨지요. 우리 어머니도 별 다르지 않습니다… 시절이 그렇게 팍팍했으니까…"

"그런데요… 울 엄닌 사람들이 아무리 구박하고 놀려도… 그저 웃으셨어요. 얼굴을 찡그리며 씨익… 그 우는지 웃는지 모를 그 얼굴 잊을 수가 없어요. 울 엄닌 서러울 때면 땅바닥에다 그림을 그리셨어요."

"그림을…? 무슨 그림이었는지 기억나시나?"

"모르겠어요. 남들이 보면 얼른 발로 쓱쓱 문질러 지워버리곤 해서… 어쩌다 내가 봐도 나쁜 짓 하다가 들킨 아이처럼 씨익 웃으면서… 잽싸게 지워버리는 거예요. 무슨 그림이었던가?… 날아가는 새 같기도 하고 나무 같기도 하고… 아, 기억나네요, 언젠가 내가 친구들과 놀다가 늦게 집으로 돌아오는데… 울 엄니가 석양에 긴 그림자를 늘어뜨리고 땅바닥에다 그림을 그리고 있는 거예요. 얼마나 열심히 그리는지 내가 온 것도 모르시는 것 같았지요. 내가 부르니까, 놀라서 일어서며 그린 그림을 발로 문질러버리는 거예요, 씩 웃으며… 웃는 건지 우는 건지 모를 표정을 지으시며… 이제 오니, 늦었구나. 집에 가서 밥 먹자, 벼라…"

"별아?"

"울 엄닌 날 그렇게 부르셨지요. 별아! 밥 먹자, 별아… 일찍 들어와라, 별아, 싸우면 못 쓴다 별아… 별아, 우리 별아… 그래서 전 별이 많습니다. 하두 자주 드나드는 바람에, 빵에 말입니다…"

쭉 굳은 표정이던 두목이 그 말을 하며 처음 씩 웃더군. 자기 딴엔 유모어를 했다고 생각했던 모양인지. 참 맑은 웃음이었네. 속은 착한 녀석이로구나…

"울 엄니 생각만 하면 나도 모르게 눈물이 나는 거예요. 참을 수가 없어요. 선생님 그림을 볼 때처럼…"

허, 그것 참! 이 친구 어머니를 정말 제대로 잘 그려줘야겠구나 하는 생각이 절로 들더구만… 우리 어머니 생각도

나고 말이야, 울컥했지.

그래 그 자리에서 스케치를 여러 점 했지. 그런데 말씀이야… 마음을 다해 열심히 그렸는데도 이 두목놈이 마음에 안 들어 하는 눈치야. 이 친구에게 어머니를 선물하자 그런 생각으로 진짜 정성껏 그렸는데도, 그 그림들을 보고는 눈물이 안 난다는 거라. 다시 하고 또 해도 안 돼! 그것참 난처하데… 자존심도 조금은 상하고 말씀이야. 나중엔화가 나더구만!

그래서 우리 어머니 그린 그 그림을 줘버리고 말았네! 홧김에 말이야! 나야 또 그리면 되지, 우리 어머니니까…

"정말… 그래도 되시겠습니까?"

"나는 또 그리면 돼요, 얼마든지 그릴 수 있어요. 우리어머니니까…"

그랬더니 두목 녀석이 정말 황송한 표정으로 이렇게 말하더군.

"그럼 선생님과 제가… 그러니까 형제가 되는 건가요?"

"형제? 형제라니 그건 또 무슨 소리요?"

"어머니를 나누었으니 형제 아닙니까, 그림이긴 하지만요…"

"그나저나 두목이 부하들 보는 데서 그렇게 눈물을 흘리면 체면상 곤란한 거 아닌가?"

"제 놈들은 엄니 없나요?"

그래서 졸지에 조폭 두목과 형제가 되었네 그려, 허허…
그놈 요새 뭐 하고 사는지 몰라… 어디 감방에 있다는 소
문을 듣기는 했는데…

아, 낸들 왜 모르겠나! 그놈이 눈물을 흘린 것이 내 그림
때문이 아니라, 어머니 생각 때문이라는 거야 잘 알지…
그래도 뭔가 통했으니까 울음이 나온 거 아니겠나… 보통
일이 아니지! 하긴 나도 우리 어머니 그리면서… 그리는
내내 속으로 울었던 것 같아. 혹시 내가 울면서 그렸다는
걸 그 놈이 알아채기라도 한 걸까?

그림의 값어치란?

OX 화랑에 불이 났다. 규모는 크지 않지만 값나가는 좋은 컬렉션으로 제법 이름난 알짜 화랑이었다. 그림을 보는 화랑주인의 눈매는 참으로 매섭고 정확했다.

방화설비가 완벽하지 못한데다가, 소장품의 대부분이 기름그림(유화)인지라, 불길은 걷잡을 수 없이 순식간에 번졌다.

불구경꾼들은 발을 동동 굴렀다. 아이구, 저를 어째, 좋은 그림 다 타네, 아까워서 어쩌나, 아까워라 아까워!

그 때,

한 사나이가 바람을 일으키며 구경꾼들 사이를 뚫고 불길로 뛰어들었다. 번개 같은 기세여서 말릴 겨를조차 없었다.

화랑 주인이었다.

불구경꾼들이 한층 더 세차게 발을 굴렀다. 어쩌나, 저를 어쩌나!

*

　잠시 후, 화랑주인이 불구덩이를 뚫고 튀어나왔다. 나오
자마자 의식을 잃고 쓰러졌는데, 그는 그림 한 점을 꼭 그
러안고 있었다.

　그 그림은,

　아들이 어렸을 때 제 엄마를 그린 것이었다. 그림 속의
엄마는 활짝 웃는 행복한 모습이었다. 지금은 이 세상에
없는 엄마가 웃고 있다.

　오랜 세월 그림과 함께 살며, 그림의 가치를 돈으로 따
져온 그가 목숨을 걸고 살려낸 그림이었다.

　따지고 보면, 그림의 참 값어치란 그런 것이라며 사람들
은 고개를 숙였다. 돈으로 따질 수만은 없는 그런…

어중간 화백의 서러움

어중간하게 유명한 원로화가 X선생은 요즘 고민이 많다. 아주 많다.

어중간한 자영업자 Y씨도 요즘 고민이 많다. 이만저만이 아니다. 날이 갈수록 커져간다.

Y씨는 X화백의 외동아들이다.

고민의 정체는 미술작품이다. 작가의 영혼을 담은 아름다운 예술작품이 골칫거리로 변해가고 있는 것이다.

원로화가 X화백은 어중간하게 이름났지만, 평생을 치열하게 그림만 그린 전업작가다. 정말 그림을 위해 살며 최선을 다했다고 자부한다. 힘자라는 데까지 개인전도 열고, 단체전에도 부지런히 참가했고, 자그마한 상도 몇 개 받았다.

하지만, 생각처럼 작품이 팔리거나, 높은 평가를 받지는 못했다. 늘 그랬다. 천하의 고흐도 생전에는 그림도 못 팔았고, 제대로 평가를 받지도 못했다는 말로 스스로 아픈 가슴을 어루만지며 술잔을 기울이곤 했다.

평론가, 화랑, 수집가 등 미술동네 사람들의 평은 '어중간하다'가 주를 이루었다. 아주 나쁘지는 않지만, 그렇다고 매력적이거나 독창적이거나 개성이 반짝이거나 하지는 못하다는 것이다. 달리 말해, 미안하지만 시장성이나 투자가치는 없다는 것, 우직스럽게 열심히 했다는 것이 상품성은 아니라는 것이다.

평생을 한 눈 팔지 않고 그림만 그렸으니, 작품수는 당연히 많았다. 골치 아프게 많았다. 집안 어디든 빈틈만 있으면 그림이 비집고 놓여 있었다. 친구의 창고 한 귀퉁이를 빌려 작품을 쌓아놓았지만, 작품은 넘쳐났다. 수 천 점에 이르는 작품을 Yuji하는 것만도 보통일이 아니었다. 벅찼다.

그 방대한 작품을 보며 한 때는 "아, 그래도 내가 부끄럽지 않게 열심히 살았구나!"라고 스스로를 칭찬하며 흐뭇해하기도 했다. 하지만, 나이 들고 몸이 여기저기 쑤시고 아프기 시작하면서 상황은 달라졌다. 죽음에 대한 실감이 진해질수록 걱정이 부풀어 올랐다.

"내가 죽으면 이 작품들을 어쩌지? 아이구, 불쌍한 내 새끼들…"

그는 작품들을 '내 새끼'라고 부르며 아꼈다. 하지만 야

170   그림 그림자

속하게도 세상은 알아주지 않았다.

마누라가 건강하게 살아있거나, 자식들이라도 많으면 또 모르겠는데… 달랑 하나뿐인 아들놈이 걱정이었다. 정말 아들에게 걱정을 끼치고 싶지는 않았다. 평생 그림만 그린답시고 제대로 돌보고 보살피지 못해 미안하기 짝이 없는데, 죽어서까지 짐이 될 수는 없다. 내가 덜컥 죽으면… 그러니…

*

아들 Y씨는 아들의 처지에서 시름이 컸다. 아버지가 목숨같이 여기는 작품들을 번듯하게 모시는 것이 꿈이지만, 현실은 전혀 그렇지가 못했다. 돈이 있으면 당장이라도 번듯한 미술관을 지어 아버지의 작품을 전시하고 싶다. 아니, 그보다 앞서 온도와 습도 조절이 되는 창고를 마련해 아버지가 자식처럼 여기는 작품들을 모시고 싶다. 평생 아버지 속을 썩이며 살았으니, 마지막 효도는 꼭 하고 싶다. 마지막 효도…

하지만 목구멍이 포도청이라 하루하루를 간신히 먹고 사는 형편이니, 효도는 그저 마음뿐이었다. 아마도, 이 땅의 영세 자영업자는 모두가 비슷할 터이다. 옴치고 뛸 수 없으니, 예술에 관심을 가지거나 효도에 신경 쓸 형편이 아닌 것이다. 쓸쓸하다.

물론 나름대로 이리저리 알아보고 애를 쓰기는 했다. 미술 하는 친구들의 도움을 받기도 했다. 하지만…

어중간한 것이 문제였다. 어중간함!

최근에는 지자체에 작품을 기증하면, 지자체 예산으로 미술관을 지어주고 관리도 맡아주는 사업이 유행이라서, 그런 혜택을 누리는 원로작가들이 제법 있었다. 아버지 친구 중에도 몇 분이 그런 은총을 입고 감읍했다는 소식이 들려왔다. 알아보니, 주로 작가가 태어나 자란 고향이나 작가와 특별한 사연이 있는 연고지의 지자체와 연결되어 진행하는 사업이라고 한다.

하지만, 삼팔따라지로 내려와, 이리저리 수없이 이사를 다니며 겨우겨우 목숨을 Yuji해온 원로화가 X화백에게는 그런 연고지가 있을 리 없었다. 그렇다고 북쪽에 있는 고향의 지자체에게 미술관을 지어내라고 떼를 쓸 수도 없는 노릇이었다.

혹은 살던 집을 개조하여 미술관을 열기도 했지만, 원로화가 X화백에게는 그럴만한 집도 당연히 없었다.

친구의 도움을 받아, 〈아무개 미술관 건립 계획서〉라는 서류를 만들어 구청에 접수한 적도 있었다. 신청서를 받은 지자체 직원은 매우 진지한 표정으로 말했다.

"아, 네 성실하게 검토해보겠습니다. 우리 나름대로 심사위원회가 있으니까요. 아, 물론 권위 있는 전문가들로 구성된 위원회지요.…… 그런데, 너무 기대는 마시기 바랍니다. 이런 청원이 워낙 많아서요. 우리나라에 이렇게 훌륭한 미술가가 많은 줄은 미처 몰랐다니까요. 아 물론, 자랑스러운 일이지요."

이럴 줄 알았으면, 진즉에 심사위원인지 뭔지 하는 정치꾼 교수 나부랭이들과 친해 놓을걸!

국공립 미술관에서도 아무 작품이나 소장하지 않았다. 국가 재정 형편상 어쩔 수 없다는 친절한 위로성 설명이 참 구차스러웠다. 실제로 미술관 작품 수장고가 무작정 넓은 것이 아니니, 작가가 원한다고 아무 작품이나 받아줄 수가 없었다.

유감스럽게도 원로화가 X화백의 작품은 '아무 작품'으로 분류되었다. 어중간했기 때문이었다.

어디 번듯한 국공립 미술관에서 규모 있는 회고전이라도 열었으면 정말 좋겠지만, 그것도 쉬운 일이 결코 아니었다.

어쩌다 가끔 원로화가 X화백의의 작품을 좋게 보고 호의적으로 도와주려는 평론가가 있기는 했지만, 힘없고 발 좁은 비주류였다.

상업화랑이나 수집가들은 한층 더 빡빡하고 모질었다.

돈그림자 어른대고, 돈냄새 풍기는 곳은 어디나 그랬다. 어쩌다가 관심을 보이는 것 같아도 알짜배기 몇 점만 달랑 골라 헐값에 가져가려 들었다.

거저 준다고 해도 작품 전체를 맡아 관리해줄 사람은 없었다. 작품이 매우 애매하고, 어중간한 작가라서 띄우는데 드는 비용이 만만치 않을 것이라는 견적이 바로 나오기 때문이었다.

어디서나 어중간한 것이 걸림돌이었다. 아주 형편없으면 아예 포기하고, 캔버스를 재활용하거나, 몽땅 불질러버리거나 하겠지만, 아무튼 어중간한 것이 문제였다.

외길을 우직스럽게 걷는 성실함보다 달짝지근한 말로 살랑거리는 정치적 인간들이 빛을 보는 세상이 원망스러웠다. 하지만 따지고 보면 동서고금의 모든 세월이 그렇게 돌아갔고, 역사라는 것도 그렇게 이루어진 퇴적물이었다. 어중간한 것은 늘 묻혀버리게 마련이었다. 역사가 증언하는 사실이었다. 역사란 뾰죽한 봉우리만을 연결한 선에 지나지 않는다.

누군가는, 신문에 크게 날만큼 화제가 될 사건을 터트리거나, 그럴듯한 신화를 만들라고 조언했지만, 차마 그러고 싶진 않았다. 유명해지기 위해 없는 소동을 일으킨다니 있을 수 없는 일이다. 내키지 않는다. 유명해지고 싶은 것이 아니다, 그저 작품을 제대로 알아주기를 바랄 따름이다.

아, 마누라가 살아있으면 덜 외로울 텐데…

*

한가한 이야기 늘어놓을 때가 아니었다. 발등에 불이 떨어졌다. 창고를 비워달라는 통보가 날아들었다.

변두리 허름한 축사를 개조한 친구의 창고 한 귀퉁이를 빌려 작품을 보관하고 있는 형편인데, 그걸 비워달라는 통보를 받은 것이다. 창고를 헐어버리고 전원주택을 지을 계획이라고 한다. 조그만 빈터라도 있으면 집을 짓거나 아파트를 올리려드는 세상이었다.

자식 같은 작품을 외양간에 보관하는 것이 늘 미안했다. 그건 예수님이 외양간에서 태어난 것과는 차원이 다른 이야기다. 그런데, 그 외양간에서마저 쫓겨나게 생겼으니…

당장 다른 장소를 찾아야할 판인데, 뾰죽한 수는 보이지 않았다. 궁리에 궁리를 거듭해도 묘책은 없다. 돈 없이는 기발한 수도 묘책도 있을 수 없는 것이 당연한 세상의 이치였다.

아버지는 아들의 눈치를 살피고, 아들은 아버지의 심기를 헤아리다가, 긴 한숨을 동시에 내쉬는 형국이었다.

우선 창고를 서둘러 비워줘야 했다. 어찌어찌 더 멀고 외진 곳의 헛간을 겨우 구해 임시로 거기로 옮기기로 했다. 거기도 마굿간으로 쓰던 자리라고 했다. 마굿간과 미술작품이 무슨 인연인지 모르겠다.

줄이고 줄여서 가는 이사인지라, 짐을 되도록 줄여야 했다.

버릴 그림과 보관할 작품을 분류하는 내내 눈물이 났다. 무슨 뚜렷한 기준이 있는 것도 아니었다. 아프지 않은 손가락이 어디 있으랴. 그래서 더 슬펐다.

"아, 미안하다, 불쌍한 내 새끼들… 미안하다, 정말 미안해…"

부피를 줄이기 위해 캔버스를 뜯어 그림이 그려진 천만 보관하기도 했다. 마티에르가 별로 없는 그림은 둘둘 말았다. 그림이 내지르는 비명이 들리는 듯 해서 서러웠다. 땀인지 눈물인지 모를 물방울이 연신 흘러내렸다.

그렇게 난리를 쳤지만, 여기도 잠시 머물 임시 장소였다. 언제 또 어디로 이사를 가야할지…

바쁜 일을 젖혀놓고 달려와서 도와주는 아들에게 아버지는 내내 미안하고 고마웠고, 아들은 이렇게밖에 못하는 자신에게 화가 나서 내내 울적했다.

일을 끝내고, 짜장면 그릇을 앞에 놓고 한 잔 나누면서 두 남자는 아무 말도 나누지 않았다. 그저 이심전심.

그림 그림자

미술이란 무엇인가, 왜 미술을 하는가, 미술작품은 물질인가 영혼인가, 어떤 것이 좋은 미술인가, 나쁜 미술도 있는가, 작품을 따라다니는 가격표의 의미는 대체 무엇인가…… 따위의 부질없는 질문이 이어졌지만, 너무 때늦은 질문이었다.

하다 하다 안 되니 너무 화가 치밀어서 그림들을 태워버리면서 엉엉 울었다는 동료 화가의 이야기를 듣고 설마 하며 웃어넘겼는데, 남의 일이 아니었다. 알고 보니 비슷한 처지의 동료가 한두 명이 아니었다. 선발되어 빛을 받으며 영광을 누리는 작가는 꼭대기 몇 명뿐이었다. 미술계나 연예계 스타시스템이나 똑같은 구조였다. 빛은 공평해서 온 누리에 골고루 비칠 것이라는 기대는 그저 헛꿈일 뿐…

*

이어령 선생의 책을 뒤적이다가 한 구절에 눈길이 머물렀다. 시대의 석학이 죽음을 앞두고 한 말이라니 절실하게 스며들었다.

"죽음이라는 건 없어지라고 있는 거야. 사라져버리는 게 최고지."

선명한 깨달음이 범종소리처럼 울렸다. 깨달음이란 한순간에 터지는 꽃송이 같은 것인 모양이다.

아 그렇구나. 깨끗하게 사라져버리는 게 좋겠구나. 부끄럽지 않게 열심히 살았으니 그걸로 됐다.

그렇게 생각하니, 뭔가 흔적을 남기려고, 세상의 인정을 받으려고 아등바등거린 자신이 처량해서 또 눈물이 흘렀다.

그래 모두 없애버리자, 깔끔하게…

문득 큰 스님의 다비 장면이 눈앞을 오락가락했다. 장작불 활활 타오르고… 울려퍼지는 소리.

"스님, 불 들어갑니다."

*

헛간 뒤, 작은 공터에 작품들을 잘 타도록 얼기설기 쌓았다.

기름 먹은 헝겊이니 어련히 잘 타겠지만, 그래도 혹시나 싶어 가지고온 기름을 뿌렸다.

긴 기도를 마치고, 두 눈 질끈 감고 불을 댕겼다. 꽃봉우리 열리듯 불꽃이 조금씩 오르기 시작했다. 그림들이 타기 싫어 비명을 지르며 몸부림치는 것 같았다. 수르르 눈물이 흘러내렸다.

"불 들어간다, 내 새끼들아, 뜨거워도 조금 참아라!"

그림 그림자

시커먼 그림자가 뛰어든 것은 불길이 타오르기 시작할 무렵이었다. 시커먼 그림자는 온 몸을 던져 불을 끄기 시작했다. 필사적이었다.

"아버지, 지금 뭐하시는 거예요! 에이씨, 내 이럴 줄 알았다니까! 어쩐지 느낌이 이상하더라니!"

옷을 벗어 휘두르고 몸을 던져 불길을 잡으려 미친 듯이 날뛰었다.

"이러다가 산불로 번지면 어쩔려구! 에이씨"

필사적으로 날뛴 덕에 드디어 불길은 잡혔다. 고약한 냄새와 함께, 가는 연기가 피어올랐다.

그 연기를 바라보며 아들은 타다만 그림더미 앞에 쭈그려 앉아 엉엉 울었다.

원로화백은 넋을 잃고 그 광경을 물끄러미 바라보고 서 있다가, 스스르 무너져 주저앉았다. 울면서 외치는 아들의 소리가 허공에 울려 퍼졌다.

"이건 그저 물건이 아니잖아요! 아버지 새끼들이잖아요! 아버지 영혼이잖아요! 이걸 태워 없앨 권리는 아무에게도 없다구요, 아무에게도!"

두 남자가 얼싸안고 우는 소리가 메아리 되어 산마루를 넘어갔다.

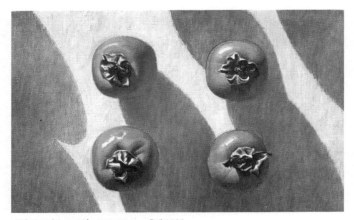

한운성 작 '감-그림자' 45.5×33.4cm 유채 2002

그림 그림자

이야기로 엮은 미술의 본디

뒷마당

미술의 속내

오직 점 세 개
— 화인 외전(畵人 外傳)

전해오는 이야기는 이러하다.

먹 냄새 깊고 짙다. 천리 간다는 향기. 참 좋다.
　병든 몸 가까스로 일으켜 똑바로 앉아 하늘 향해 깊게 절하고
　붓 잡는다. 오래 함께 살아온 큰 붓, 온 힘 모아 그러쥔다.
　하얀 종이 꿰뚫듯 내려다본다. 눈빛 번쩍!
　그렇게 긴 동안
　아무 것도 움직이지 않는다, 아무 것도.
　영원처럼 긴 동안
　흠뻑 젖은 붓, 먹물 몇 방울 똑 똑
　그렇게 긴 고요
　검은 먹 담뿍 품은 붓 스르르 손아귀 벗어나 미끄러져
　새하얀 종이 위로 떨어진다, 툭 투욱

　　　　　　　　　　　　그림 그림자

세 번 튀었다. 툭 투욱 투우욱

그리고 부르르 떨며 누웠다.

새하얀 종이 위

점 세 개, 툭 투욱 투우욱

오로지 점 세 개.

바라보고 그윽하게 웃으신다.

스승은 그렇게 똑바로 앉아서

숨 멈추시고, 눈길마저 거두시었다.

오로지 점 세 개 남기시고…

전설은 단지 그렇게만 전한다. 긴 이야기 없다. 그 점 세 개 지금 어디에 있는지 아무도 모른다. 점이 왜 세 개인지 도 설명 없으니 각자 알아서 새기라는 뜻으로 읽는다.

오늘날에도 이런 생각을 올곧게 이어받았는지, 그저 흉 내만 내는 것인지 알 수 없지만, 오로지 점 몇 개나 선 몇 개로 진검승부하는 화객(畫客)이 더러 출몰한다는 이야기 가 바람결에 들려온다.

되도록 안 그린 그림을 좋은 그림으로 치는 풍조도 유행 했는데, 이를 유식한 전문용어로 미니멀리즘이라고 부르 고, 이런 작품을 하는 사람들은 대개 미니스커트를 좋아한 다는 가짜 뉴스가 떠돌기도 했다.

둘이며 결국은 하나

뭐라구? 치매라구?! 믿을 수 없어! 안 돼!

선생님이 치매 판정을 받으셨다는 소식을 들었을 때 우리 모두는 절망하고 슬퍼했다. 천하의 선생님이 치매라니! 평소에 염려되는 징조가 아주 없던 건 아니었지만, 설마 치매 진단을 받으시리라곤 상상도 못했다.

파도처럼 밀려와 온 몸을 뼛속까지 축축하게 적시는 서글픔을 참기 힘들었다. 서러움에 겨워 잔뜩 마시고 정신을 잃을 정도로 취해 봐도 서글픔은 꼼짝도 않고 거기 그대로 있었다.

여러 면에서 선생님은 우리 미술의 희망이었다. 적어도 우리는 그렇게 믿었다. 굳게 믿어 조금도 의심치 않았다.

선생님의 작품을 세계 미술의 가장 앞자리에 서게 하는 그 깊고 그윽하고 아득한 아름다움… 화산처럼 솟구쳐 오르는 뜨거운 감성과 빙산처럼 냉철한 이성의 절묘한 조화, 동양 정신과 서양문화의 어울림, 전통과 현대감각의 융합,

메시지와 이미지의 밀고 당기는 긴장감, 장엄한 서사와 감각적인 조형이 만들어내는 상승효과… 그것은 참으로 절묘하고 장엄하고 아름다웠다. 그 오묘한 조화의 경지에 온 세계가 기립박수를 보냈다.

어디 그뿐이랴. 선생님의 인간적 매력, 투철한 작가정신, 스승으로서의 가르침 또한 깊고 넓어서 이루 말로 다 표현할 길이 없었다. 우리들은 모두 그 큰 그늘 아래서 은혜를 입으며 자라났다. 우리에게 선생님은 부모님과 같은 존재였다.

그런 선생님께서 치매로 고통을 받으신다니, 세상의 한 귀퉁이가 무너져 내리는 것 같았다. 자주 찾아뵙지 못한 것을 자책해봐야 무슨 소용이랴.

선생님은 화실에 동그마니 앉아 계셨다. 빈 방처럼 휑하니 널찍한 화실에 그리다 만 미완성의 캔버스 몇 개와 흰 캔버스 하나가 벽면에 세워져 있는 풍경이 무척이나 쓸쓸한 분위기를 자아냈다. 그리다가 멈춘 그림들이 아우성을 치는 것 같아 보였다.

선생님은 많이 야위긴 하셨으나, 그런대로 평화스러워 보였다. 걱정한 것처럼 나쁘신 건 아닌 것 같아 그나마 마음이 놓였다.

허공을 바라보는 눈동자는 풀려 있었고, 우리를 알아보

지 못하시는 것 같았다. 왈칵 눈물이 솟구쳤다.

"자꾸만 화실에 나와 있고 싶다고 하셔서… 편하게 누워서 쉬시면 좋으련만…"

사모님이 눈물을 훔치며 말했다. 거의 속삭이는 소리였다.

"말씀은… 요?"

"거의 못 하세요… 외마디 소리로 의사표현은 하지만… 사람도 잘 못 알아보고… 너무 갑작스레 나빠지는 바람에… 어찌나 빠른지 하루가 달라요. 의사 선생도 놀라요…"

"그림은 알아보시나요?"

"글세… 잘 모르겠네요. 알아보는 것 같기도 하고, 아닌 것도 같고… 모르겠어요"

"저기… 새 캔버스는…?"

"거기다 놔달라고 하셔서… 어떤 때는 흰 캔버스를 무섭게 응시하는 것 같기도 하고… 너무 빨리 나빠져서 걱정이네요."

"병원에 계시는 편이…"

"병원은 한사코 싫다네요. 억지로 할 수도 없는 일이고… 하긴 이 양반에겐 화실이 가장 편할지도 모르지요."

사모님은 먼 곳으로 눈길을 돌리며 말했다. 눈물이 햇살에 반짝였다.

"그만하시길 천만다행이죠. 정신이 들락날락 하긴 하지

만, 다른 곳은 건강하다니… 더 나빠지지만 않으면 좋으련
만…"

"죄송합니다, 정말 죄송합니다."

선생님께서 이렇게 되신 것은 우리 탓이라고 우리는 믿
고 있었다.

선생님께서 전화를 주셨다. 오랜만에 마음에 드는 대작
이 완성되어 마음이 참 흡족하다, 시내에서 만나 시원하게
한 잔 하고 싶다는 말씀이셨다. 선생님은 정말 어린아이처
럼 즐거워하셨다. 정말 오랜만에 보는 모습이었다. 조금
과하게 드시는 듯 했으나, 너무 기분 좋아하시는 것 같아
말리지 않았다. 말릴 수도 없었다.

그런데, 그 날 댁에 들어가서 실수로 발을 헛딛는 바
람에 넘어지면서 머리를 다쳐 병원으로 실려 가셨고…

연락을 받고 병원으로 달려간 우리는, 다행히 큰 사고가
아니어서 생명에는 지장이 없다는 말을 듣고 안심했었는
데… 치매 판정이… 그것도 이렇게 빠르게 진행될 줄은…

그런데도 선생님을 위해서 우리가 할 수 있는 일은 아무
것도 없었다. 그저 안타까운 마음으로 선생님을 바라보는
것 말고는 정말 화가 치밀 정도로 할 수 있는 일이 없었다.

우리는 속절없이 고개를 숙였다. 고개를 숙이는 것 말고
는 달리 할 수 있는 일이 없었다.

"죄송합니다. 정말 죄송합니다."

선생님은 초점 없는 멍한 눈길로 창밖을 내다보거나 흰 캔버스를 잠깐씩 응시하는 것 같았다. 언뜻 미소를 짓기도 하셨다.

"아!"

선생님께서 신음소리를 내며, 불쑥 손을 들어 창밖을 가리키셨다. 선생님이 가리키는 쪽을 바라보니, 어느새 뉘엿뉘엿 해가 지기 시작하며, 창밖에는 노을이 아름다웠다. 붉게 타오르는 색채가 실로 장엄했다. 그 햇살이 만든 선생님의 그림자가 길고 외롭게 화실을 가로질렀다.

그런 모습을 보며 우리는 속으로 울었다.

그리고 또 정신을 잃을 지경으로 퍼마셨다. 그래도 슬픔은 여전히 거기 그대로 있었다.

우리는 순번을 정해 선생님 곁을 지키기로 했다. 하지만 별 도움이 되지 못했다. 오히려 사모님께서 불편해 하시는 것 같았다.

*

사모님의 전화를 받고 우리는 지체 없이 선생님 댁으로 달려갔다. 사모님은 전화통에 대고 들뜬 목소리로 소리쳤다.

"얼른 좀 와봐요. 그림을 그렸어요, 그림을!"

"누가요?"

"이 양반이 그림을 그렸다구요! 그림을!"

캔버스에는 정말로 그림이 그려져 있었다. 뭐라고 말로 표현할 수 없는 그림이 당당하게 거기 서 있었다. 마치 어린아이가 그린 것 같은 천진난만하면서도 힘차고 거침없는 그림이… 추사의 마지막 작품이라는 봉은사의 판전(板殿) 글씨의 그 서늘하게 확 열리는 느낌…

선생님께서 평소에 그리던 그림과는 전혀 다른 그림…

"선생님은요?"

"주무세요. 깊이 잠들었어요. 일이 있어서 잠깐 자리를 비웠는데… 무슨 소리가 나길래 놀라서 달려와 보니… 이 양반이 붓을 들고 쓰러져 있는 거예요. 놀라서 응급차를 부르려고 했더니… 아니라는 거예요… 그리고 캔버스에는 저 그림이 저렇게… 겨우 부축해 일으켜 앉혔더니 희미하게 웃고 있지 뭐예요, 어린아이처럼 맑고 평화로운 미소… 그림을 보니 나도 모르게 눈물이 어찌나 나는지…"

우리는 넋을 잃고 그림을 바라봤다. 눈물이 날 정도로 좋은 작품이었다. 굉장하게 압도적인 그림…

그 후에도, 증세가 빠르게 나빠지는 가운데도, 선생님은 여러 점의 그림을 그렸다. 그릴 때마다 전혀 다른 분위기의 작품이 나왔다. 고승의 선화(禪畫) 같기도 하고, 마음의 움직임을 그대로 쏟아낸 것 같기도 한… 그것은 논리로는 도저히 설명할 수 없는, 그림 이전의 세계였다.

그림을 그릴 때마다 병세가 더 악화되는 것 같아 매우 걱정스러웠지만, 못하게 말릴 수는 없었다. 말릴 수 있을 것 같지도 않았다. 사모님도 같은 생각이셨다, 안쓰럽지만 어쩌겠느냐… 본인이 가장 하고 싶어 하는 일…

생각해보면 그림이니까 가능한 일이었다. 글이나 음악, 연극, 무용 같은 분야였다면 이런 상태에서 뭔가를 만들어 낼 수 없었을 것이다. 해본들 의미 없는 낙서나 소음, 발작, 몸부림에 그치고 말겠지. 선생님의 그림처럼 벅찬 생명력을 담을 수 없을 것이다. 그림이니까 가능한 일, 달리 말하면 바로 그것이 미술의 본질적 힘일지도 모른다, 논리 이전의 세계…

*

선생님의 새로운 그림을 보면서 우리는 놀랍고 기쁘기도 했지만, 적이 당황스럽기도 했다.

우리는 그때 선생님의 미수(米壽)를 기념하는 대규모 회고전 준비에 박차를 가하고 있었다. 생애에 걸친 전 작품을 망라하여 국립현대미술관에서 열릴 예정이었다. 우리 미술사에 중요한 사건으로 기록될 만한 전시이니 만큼 작은 구석에도 세심하게 정성을 쏟았다.

내친 김에 일본전과 미국전시도 추진하는 중이었다.

"회고전은 무슨! 이렇게 시퍼렇게 살아 있는데… 나 죽은 다음에나 하던지 말던지…"

선생님께서는 한 마디로 단호하게 거절하셨지만, 우리가 끈질기게 말씀드리자 겨우 모른 척하셨다.

그러던 중에 선생님께서 기억을 잃으셨으니, 우리가 더욱 적극적으로 나서서 마무리 작업에 박차를 가할 수밖에 없는 형편이었다.

그런 판에 선생님의 전혀 다른 작품이 불쑥 나타난 것이다. 논리적으로는 도저히 설명할 수 없는 새로운 걸작들…

지난날을 기억하지 못한다고 하지만, 그리고 정신이 오락가락하신다고 하지만, 이건 분명히 선생님의 작품이다. 호들갑스럽게 말하자면 이건 선생님의 유언 같은 작품이다. 함부로 다룰 수 없다. 그래서는 절대 안 된다.

하지만 새로운 그림의 등장은 회고전을 위해 오랜 기간 심혈을 기울여 준비한 논리가 한 방에 무너져버리는 일이었다. 뭐라고 설명해야 할지 진지한 논의가 필요했다.

"있는 그대로 설명하고, 방을 하나 따로 마련해 이 작품들을 특별전시하는 것이 바람직하지 않을까?"

"그러면 평생 해오신 작품세계는 어찌 되는 거지? 그 작품들에는 분명하고 확고한 현실 인식과 철학이 있고, 변모 과정에도 필연적인 연결고리가 있고… 그런 점에서 선생님 작품이 높은 평가를 받는 거고…"

"새로 그리신 그림들이 과연 선생님의 작품일까?"

"무슨 소리야! 이 작품들이야말로 꾸밈없는 가장 선생님다운 선생님의 작품이지! 미술은 논리가 아니야."

"물론 그렇지. 하지만, 그렇다고 무의미한 행위의 흔적도 아니지… 예술과 정신의 관계를 무시할 수 없지…"

"예술과 정신? 선생님은 지금 정신이 없는 것이 아니야, 지난날의 기억을 잊었을 뿐이지. 기억을 상실했을 뿐 영혼이 죽은 것은 아니란 말이야! 어쩌면 이 작품들이야말로 선생님의 진짜 작품일지도 몰라!"

"진짜? 그럼, 그 이전의 작품들은 가짜란 말인가?"

"그런 말이 아니고… 논리적으로 정리된 확고한 예술관과 세계관을 드러낸 작품도 있고, 통제할 수 없이 본능적으로 분출되는 조형도 있는 것이란 말이지. 양쪽 모두 가치가 있다는 말이야."

"동감이야. 그러니까, 선생님께서는 그동안 철학과 논리로 통제되는 예술세계를 추구해 큰 성취를 이루셨는데… 갑작스러운 치매로 그런 논리의 틀을 벗어나는 순간… 전혀 다른 세계가…"

"지금 그림과 그동안 구축해오신 작품세계 사이에 어떤 공통분모는 없을까?"

"그걸 찾아봐야겠지. 찾아보면 있을 수도 있을 것 같은 데… 전시회까지 얼마 안 남았으니 굉장히 서둘러야겠는 걸…"

하지만 두 세계의 공통점을 찾는 것은 거의 불가능했다. 두 작품은 근본적으로 너무나 다른 세계였다. 말 잘 하기로 유명하고 그럴듯하게 꿰맞추기에 도가 튼 평론가들도 고개를 내저으며 꽁무니를 뺐다.

결국, 있는 그대로를 꾸밈없이 보여주는 것이 최선이라는 결론을 내릴 수밖에 없었다.

인간은 이처럼 전혀 다른 여러 개의 세계를 함께 가지고 있는 존재다, 논리나 철학과 본능적인 표현욕망이 한 사람 안에 있는 것이다, 어느 한 면만 보고 인간을 평가하는 것은 옳지 않다, 물론 예술세계도 마찬가지다… 이 전시회는 그런 점을 꾸밈없이 보여주기를 원한다…

선생님은 그 후에도 그림을 그리셨다. 사모님의 도움을 받아서 그리면서부터는 색채도 화려해지고 작품수도 많아졌다.

몸은 하루가 다르게 시들어갔지만, 전시회 전까지 여러 점의 작품이 완성되었다. (완성이라는 낱말을 수정해야겠다. 완성된 것인지 아닌지는 아무도 모른다. 선생님 자신도 우리도… 다만 선생님이 붓을 놓으며 빙긋 웃으시거나, 힘없이 붓을 떨어트리면… 완성이라고 생각하기로 했을 뿐이다. 멈춘 것인지 완성된 것인지 알 수 없지만…)

그렇게 그려진 그림들은 하나같이 힘차고 생동감이 넘치는 작품들이었다. 선생님이 원해서 그린 것이지만 어쩌면 이 작품들은 목숨과 바꾼 작품들인지도 몰랐다. 그걸 잘 알면서도 한 점이라도 더 그리시기를 바라는 우리들의 심사가 참으로 원망스러웠다.

소문을 듣고 몰려든 약삭빠른 화상들이 군침을 흘리며 하이에나처럼 선생님 근처를 어슬렁거렸지만, 단 한 점도 밖으로 나가지 않았다.

*

선생님은 전시회를 보지 못하고 눈을 감으셨다. 새 그림에 대한 세상의 이런저런 말들도 물론 듣지 못하셨다.

글자 그대로 회고전이 된 전시회는 대성공이었다.

선생님은 이제 그림으로 존재하는 새로운 삶을 시작하신 것이다.

외로움이라는 병

유명 미술평론가 아무개 씨가 스스로 목숨을 끊었다는 소식은 미술동네를 들끓게 했다.

이혼 후, 혼자 외롭게 살던 원룸에서 넥타이로 목을 맸다고 한다. 현장을 치밀하게 조사한 경찰은 여러 정황으로 미루어 볼 때 자살이라고 밝혔다. 술에 잔뜩 취한 상태였다. 직접 쓴 유서도 술병 옆에서 발견되었다.

미술계의 반응은 다양하게 갈렸다. 터질 것이 결국 터졌다는 의견도 있고, 안타까움을 표하는 목소리도 높았다. 그 정도 일에 극단적 선택을 하다니…

가장 왕성한 활동을 펼쳐온 평론가 아무개 씨는 얼마 전 느닷없이 터져나온 다양한 폭로와 고발에 시달려 왔다. 에스엔에스 시대답게 일단 터지고 나니 도무지 걷잡을 수가 없었다. 무자비한 융단폭격이었다.

고발 내용은 주로 돈을 받고 평을 썼다, 폭력적인 평론으로 큰 상처를 받았다, 노골적으로 사례를 요구하기도 했다, 개인적인 독선으로 쓴 편파적 평론으로 한국미술 발전의 걸림돌이 되었다, 여러 차례 술자리에서 비인간적 모욕을 받았다… 등등의 고만고만한 내용이었다. 주례사 비평에 대한 성토도 많았다. 성 문제가 없는 것이 그나마 천만다행이었다.

미술계에서는 이런 폭로 봇물을 '#미3 운동'이라고 불렀다. 약속이라도 한 듯 법조계, 문학계, 연극계에서 줄줄이 알사탕처럼 연쇄적으로 터진 #미투 운동에 빗댄 것이다.

몇 가지 소개하면 이런 식이다.

– 평론은 제멋대로 휘두르는 조자룡의 헌 칼이 아니다. 평론은 편견이라는 말은 단순한 말장난이다. 평론가 아무개 씨의 폭력적인 평론으로 받은 상처가 아직도 내게는 깊은 트라우마로 남아 있다. 사과하라.

– 평론가 아무개 씨는 미술계를 떠나라. 더 이상 평론을 무기로 편 가르기를 하지 마라.

– 새벽 2시쯤이었던 것으로 기억한다. 전화가 걸려왔다. 평론가 아무개 씨의 전화였다. 술이 취해서 그러는데 당장 와서 술값을 내주면 고맙겠다는 요구였다. 거부할 수 없었다. 그 당시 그는 내가 속한 세상의 권력자였다. 불이익을 당할 수 없었다. 아르바이트로 모은 돈을 챙겨 술집으로

갔다.

술 좋아하고 사람 좋아하는 평론가 아무개 씨는 이런저런 일로 사람들의 입질에 오르곤 했는데, 그 중에는 상당히 심각한 것도 있었다.

예를 들면, '원고 충돌' 소동도 당사자들에게 큰 상처를 준 사건이었다.

그 당시 인기절정이던 평론가 아무개 씨는 무려 네 개의 신문 잡지에 고정으로 전시회 평을 집필하고 있었다. 거기에다 대학 강의에, 여기저기 강연회에, 무슨무슨 자문위원회 회의 참석에, 때때로 텔레비전 출연에, 전시회 카탈로그에 실을 주례사 집필에… 전시회 가봐야지, 술 마셔야지… 그야말로 오줌 누고 뭐 털 새도 없이 바쁘게 돌아갔다.

그 바람에 일이 터지고 말았다. 고의는 아니었지만, 대형사고였다.

알딸딸하게 술이 취한 상태에서, 고정 집필하는 네 개의 평론 원고를 동시다발적으로 써서, 마감시간에 늦지 않게 보내다보니 충돌사고가 터진 것이다. 네 개의 전혀 다른 사람의 작품평이 컴퓨터 안에서 뒤죽박죽 두서없이 엉키고, 보낼 곳이 엉망으로 뒤바뀌는 바람에 일이 묘하게 돌아간 것이다.

여기로 보낼 평론이 저리로 가고, 그리로 가야할 글이 요리로 도착하고, 그나마 글이 아래위로 오락가락 꼬이니… 그런 야단이 없었다. 이런 걸 전문용어로 '내적 갈등'이라고 부른다.

무슨 놈의 신문 잡지가 같은 때에 원고 마감을 하는 건지, 마감은 왜 그리 빨리 돌아오는지… 그날따라 술은 왜 그리 많이 퍼마셨는지… 이제 와서 후회해도 때는 늦으리…

그나마 평론 글을 지극히 추상적이고 애매모호 두루뭉술하게 쓴 것이 불행 중 다행이었다. 아무리 그렇다 해도, 단색화 전시회 평에 "사실 묘사의 철저성이 주는 서정적 떨림" 운운하고, 새파란 젊은 작가들의 설치미술 전시회 평에 "오랜 연륜을 확인시켜주는 평면성의 본질적 확장성의 철학" 어쩌구 하는 식이었으니… 크고 작은 피해는 고스란히 평론을 당한 작가들에게 돌아갔다. 글을 실은 신문 잡지는 마감이 워낙 바쁘기도 했지만, 유명 평론가의 글에 감히 의문을 제기할 수 없었다.

하지만 유명 미술평론가 아무개 씨는 지극히 형식적인 약간의 근신기간을 가지고는, 슬그머니 그러나 화려하게 부활하여 정력적인 활동을 펼치며 막강한 권위를 삼천리 만방에 자랑했다.

하지만, 이번의 #미3 운동의 파도는 비켜가지 못했다. 나이를 먹으면서 맷집이 많이 약해진 모양이었다. 안타까운 구제의 목소리도 상당히 많았지만, 별로 도움이 되지 못했다. 옹호의 의견은 대충 이런 것들이었다.

"여기 한 개의 사과가 있다. 한 부분이 썩었다고 치자. 썩은 부분만 도려내면 맛있게 먹을 수 있는데, 왜 썩은 부분만 가지고 떠드는 거냐? 한 귀퉁이가 썩었다고 해서 썩은 사과라고 하는 것은 명백한 논리의 오류다. 저 유명한 애플 컴퓨터의 로고를 보라. 물론 상품으로 판매할 수는 없을지 모르지만, 맛있게 먹을 수 있다."

궁색하기는 하지만 그런 대로 참고 들을 수 있는 말이다. 하지만 이런 말들은 전혀 통하지 않았다. 오히려 기름을 부은 격이 되었다. "썩은 사과 한 알이 온 바구니의 사과를 모두 썩게 한다."는 서양속담이 워낙 막강했다.

유명한 미술평론가 아무개 씨의 유서는 간단명료하고 장엄했다. 평소의 평론 글과는 달리 이해하기도 쉬웠다.
"미안하다.
나로 인해 피해를 입은 분들께 머리 숙여 사과드린다.
미안하고 참담하다.
돈 받았다. 고맙게 잘 썼다.
하지만, 그런 걸 아니라고 쓴 일은 결단코 없다.

독선적 부분이 있었을 수는 있었을지 모르지만, 평론가의 양심을 돈으로 판 일은 없다.

미술계와 동료들에게 미안하다.

나로 인해 미술계 전체에 피해가 가지 않기를 간절히 바란다.

솔직히 고백한다. 미술이 내게는 너무도 어려웠다. 특히 현대미술은 무서웠다. 어디로 가는지 짐작할 수가 없어서 두려웠다. 자고 나면 새로운 미술이 나타나는 현실에 겁이 났다. 진심이다.

그런 점에서 자신 있게 활동하는 동료 평론가들에게 경의를 표한다.

무척 외로웠다. 진심이다.

먼저 간다. 미안하다.

부디 잘들 사시기를…"

그렇다. 유명 미술평론가 아무개 씨는 외로웠던 것이다. 심성은 한없이 여리고, 늘 외로웠다. 평생을 함께한 미술은 그에게 위안을 주거나, 구원이 되지 못했다. 늘 낯설었다. 왜 미술은 새로워야만 한다는 강박관념에 사로잡혀 있는 것일까?

너무도 외로워서 필요 이상으로 술을 마셨고, 느닷없이 터져나온 고발과 비난을 견디지 못한 것이다. 부끄러움을 아는 사람은 서둘러 떠나고, 뻔뻔한 놈들만 끔찍하게 설치는 세상이 정말 부끄럽다. 부끄러움…

하지만, 우리 미술은 결코 외롭지 않다. 모든 미술가들이 그렇게 믿어 의심치 않으려 애쓰고 있다. 그것이 우리 미술의 희망이다.

삼가 고인의 명복을 빈다. 부디 평안하시라.

이냐 시냐

미화 3천 달러!

문득 쓸쓸하고 덧없다는 생각이 들었다.

"가까스로 사는 것이 잘 사는 것이다."라는 말을 위로로 삼으며 평생 가난하게 살아온 원로화가 겸 노시인에게 3천 달러는 아득하게 큰돈이었다.

인공 이빨 하나 해 박는데 3천 달러라! 노쇠한 몸이 살아보겠다고 남의 살 좀 잘 씹는데 그렇게 큰돈이 드는구나.

예술가를 존경하고 사랑하는 마음으로 특별 디스카운트로 봉사하는 것이라고 치과의사는 생색을 잔뜩 냈다. 그리고 큰 은혜를 베푼다는 듯 너그러운 어조로 말했다.

"정 힘드시면 몇 번에 나눠 내셔도 됩니다."

3천 달러가 없는 것은 아니다. 아끼고 아껴 모아놓은 돈이 있지만, 그건 마지막 시집을 내려고 모은 돈이다. 이번 시집은 그동안 그림을 시로 읊은 노래들을 묶은 것이다.

그러니까, 좀 특이한 의미를 가진 시화집인 셈이다.

아이들에게 손 벌리면 되겠지만, 그러고 싶지 않았다. 짐이 되고 싶지는 않다. 힘이 들어도 내 힘으로 마침표를 찍어야겠다고 다짐했다.

결국 사태는 대책 없이 신파조로 흘러갔다.

"이빨이냐 시집이냐 그것이 문제로다!"

이냐? 시냐? 라는 말의 운율이 어쩐지 처량했고, 그런 생각을 하니 더욱 쓸쓸하고 막연했다.

까짓 거 이 없으면 잇몸으로 살지 뭐, 얼마나 더 오래 살겠다고! 오래 전 텔레비전에서 본 채현국 선생의 모습이 떠올랐다. '시대의 어른'이라 불리던 그 이는 이빨 빠진 입을 벌리고 활짝 웃으면서 말했다.

"인차 마 고마 작작 무으라꼬 이빨이 빠진 긴데, 뭐한다고 해 박아요? 해박기는!"

시가 뭐 그리 대단하다고! 마지막 시집이라니, 주접떠는 거 아닌가? 돈 들여 내봤자 읽어줄 사람도 별로 없을 텐데… 아니다. 어쩌면 이 시집이 나의 유언이나 유서가 될지도 모른다. 내 힘으로 찍는 마침표다.

생각은 바쁘게 서로 부딪치며 오락가락했는데, 바르게 정해진 목적지 없는 방황일 뿐이었다. 모든 생각은 그렇게 정처 없이 흘러 다녔다. 언제나 그랬다.

치과 병원 진료의자에 앉으며 원로 화가 겸 노시인이 시를 읊듯 말했다.

"뽑으세요, 그냥 뽑아주세요. 이빨 없이 살아보는 것도 좋은 경험일 것 같네요. 뽑으세요. 그냥 뽑아주세요."

눈을 감고 입을 크게 벌렸다. 그리고 긴긴 세월 묵묵히 제 몫을 다 해온 치아에 감사했다.

그림이 거는 말

존경하는 심사위원 여러분!

여러분에게 저희 프로젝트를 설명 드리게 된 것을 무한한 영광으로 생각하며, 아무쪼록 공정하고 감동적인 판단을 내려주실 것으로 믿습니다.

제게 주어진 시간이 지극히 제한적인 관계로 요점만 간단하게 설명 드리겠습니다. 자세한 내용은 제출한 제안서를 참조하시면 감사하겠습니다.

그림은 늘 감상자에게 말을 겁니다. 아, 여기서 제가 그림이라고 말씀드리는 것은 미술작품을 의미합니다. 그림이 걸어오는 말을 제대로 알아듣는 것이 미술작품 감상의 첫걸음이요 핵심입니다.

그런데, 그림이 거는 말은 지극히 개인적입니다. 이 점이 중요합니다. 그림의 말은 많은 청중을 대상으로 하는 대중연설이 아닙니다. 그림은 감상자와 일대일로 다정하게 대화를 나누고 싶어 하지요. 사적인 소통과 교감을 원하는 겁니다. 추상미술의 경우는 더 그렇지요.

저희가 개발하고 있는 맞춤형 인공지능은 바로 이 부분을 해결해주는 획기적인 제품입니다. 작품과 감상자를 일대일로 긴밀하게 연결해주는… 말하자면 제4차 산업혁명의 마지막 핵심이라고 감히 말씀드리고 싶습니다.

존경하는 여러분께서는 이미 잘 알고 계시겠지만, 지금 세계의 주요 박물관이나 미술관은 관람자들에게 오디오 가이드 시스템을 제공합니다. 하지만, 그 오디오의 내용은 모든 이용자에게 공통적으로 제공되는 일반적인 정보일 뿐입니다. 이 작품은 누가 언제 무엇을 위해 그린 것이다… 이런 식의 단순한 지식정보… 지식이 감동이 될 수는 없지요.

이것을 일대일의 맞춤형 대화로 바꾸자는 것이 바로 저희 프로젝트의 핵심인 것입니다.

시간 관계상, 저희가 개발하고 있는 맞춤형 미술감상 인공지능의 기본원리를 상세하게 설명할 수 없는 것이 유감입니다만, 핵심은 사람마다 다르게 형성되어 있는 뇌의 회로를 그림에 연결하여 정서활동에 활용하는 것입니다. 이를 통해 그림과 감상자 사이의 일대일 대화가 가능해지는 것이죠.

그동안 이루어진 뇌과학 연구의 눈부신 성과들, 특히 조형심리학과 심리미학 등의 연구 결과를 모두 입력하고, 이것을 뇌 회로와 연계해서 정보를 개인화하는 것입니다.

거듭 강조합니다만, 진정한 미술작품의 감상은 개인적 소통을 바탕으로 합니다. 그래야만 감동으로 이어질 수 있습니다.

예를 들어, 어머니의 자장가는 음악적으로 보면 매우 조악하고, 가사도 부를 때마다 달라질 정도로 제멋대로이지만, 강한 설득력을 발휘한다고 합니다. 감동이라고 바꿔 말해도 되겠지요.

여기서 중요한 것은, 그 소통과 감동은 지극히 사적인 것이라는 사실입니다. 자장가의 효과가 아무에게나 미치는 건 아니죠. 내 어머니가 내게 불러주시는 자장가이기 때문에 위로가 되고 마음을 울리는 겁니다. 지극히 개인적인 사랑의 떨림이 핵심인 것이지요. 우리의 꿈은 사랑을 아는 인공지능을 만드는 것이기도 합니다.

존경하고 사랑하는 심사위원 여러분!

그렇다면, 그림을 제대로 감상하는 것이 왜 중요한가요? 여러분께서 잘 아시는 대로 소통, 교감, 감동 등은 인간의 마음을 순화시켜줍니다. 사람을 착하게, 아름답게 만드는 거죠. 스스로를 사랑하는 법도 배워줍니다. 바꿔 말하면, 폭력 없는 세상을 만들고, 인류 평화에 기여하는 겁니다.

예술만이 그런 일을 할 수 있다고 감히 말씀드리고 싶습니다. 단, 제대로 받아들이고 감동해야 합니다. 그러기 위해서는 각 개인에게 맞는 맞춤형이어야 합니다. 감동은 일반적인 것이 결코 아닙니다.

저희가 개발하는 인공지능은 바로 그런 일을 할 것입니다. 이것은 전쟁무기를 개발하는 것과는 비교할 수 없을 정도로 작은 비용이 드는 프로젝트이기도 하다는 점을 강조합니다.

존경하는 심사위원 여러분!

아름다운 세상, 평화로운 인류를 위해서 저희 맞춤형 인공지능 개발을 지원해주시기를 간곡히 부탁드리는 바입니다.

끝으로 한 가지, 저희 프로젝트에 대해 중국이나 일본에서 지대한 관심을 가지고 투자 의사를 표명하며 적극적으로 접근해오고 있습니다만, 저희는 어디까지나 조국 대한민국에서 우리의 꿈이 이루어지기를 바랍니다.

아, 저기 그림이 말을 걸어오는군요.

맞춤형 인공지능의 개별화된 소통과 감동을 통해, 아름다운 세상이 하루 빨리 오기를 기도하며, 여러분의 현명하고 감동적인 판단을 간곡히 부탁드립니다.

그림 그림자

아무쪼록, 여러분의 감동적인 판단으로 우리 세상이 예술의 아름다운 감동으로 한층 향기롭게 빛날 수 있기를 간절히 기도하는 바이 올시다.

여러분은 그처럼 역사에 남을 현명한 판단을 내리실 정도로 충분히 위대하시다는 점을 굳게 믿어 의심치 아니합니다.

대단히 감사합니다.

웃는 미술을 찾아서

웃는 미술을 찾아 한 평생을 떠돌았다는 이 아무개(75세) 씨를 인사동의 한 전통찻집에서 만나 이야기를 들었다. (본인이 익명을 원했다. 가진 것도 배운 것도 없는 풀뿌리 나부랭이가 이름을 밝혀선 뭐하겠냐며 웃었다. 웃는 모습이 무척 순박했다. 하회탈처럼…)

– 이런 일에 관심을 가지게 된 무슨 계기라도 있었는지요?

에에… 그게 그러니까… 어렸을 때 살던 시골 마을에… 자주 놀던 산등성에 돌부처님이 한 분 계셨는데요. 그다지 크지도 않고, 아주 소박한 부처님… 왜 옛날에는 그런 거 흔했잖아요, 양지바른 산등성에 산소가 몇 개 있고… 부처님도 서 계시고…

그 부처님 얼굴이 정말 신기했어요, 푸근하고… 입꼬리가 살짝 올라간 것이… 수줍은 듯 희미하게 웃는 모습인데… 어찌 보면 속으로는 우는 얼굴 같기도 하고, 갓난아이 웃음같기도 하고, 아니 우리 어머니 웃는 얼굴같기도 하고… 오랜 세월 비바람에 시달리면서 그렇게 편안한 표정이 되신 모양인지…

그 부처님 존함은 모르겠어요. 대개는 미륵불이라고 불렸지만…

아무튼 그 부처님 얼굴을 뵈면 나도 모르게 마음이 편안해지는 거예요, 그래서 부처님 근처에서 자주 놀았죠. 오다가다 마주치면 공손하게 인사도 드리고…

그런데 참 이상한 게… 나중에 커서 어른이 되어 가지고… 세상살이에 치이고 밀리고 깨지고 고꾸라지고 짓밟히고… 그렇게 짜증이 날 때마다 어릴 적 그 부처님 웃는 얼굴이 떠오르는 거예요. 부끄러운 듯 가만히 웃으시는 그 표정이… 술에 취하면 더 또렷하게…

그렇게 부처님 웃으시는 얼굴 떠올리면 마음이 편안해지는 거예요. 어린 시절 그랬던 것처럼 아무 말씀도 안 하시고, 그저 웃는둥 마는둥 하시는데 말예요… 참 신기하데요.

언젠가는 큰 마음 먹고 부처님을 찾아 고향에 갔었지요, 부처님은커녕 고향 마을 전체가 깡그리 없어졌더라구요. 아파트 정글로 변해버린 거예요. 한참을 울었네요. 나도 모르게 눈물이 쏟아지더라구요, 나도 모르게 왈칵… 그 부처님은 어느 부잣집 구석에 처박혀 계실지도 모르지요, 울면서 말예요.

그러다 보니, 웃음이 내게 위로를 주는 까닭은 무엇일까, 웃음이란 도대체 무엇일까 궁금해지고… 웃는 부처님이 더 뵙고 싶어지는 거예요. 간절하게 뵙고 싶어지는데… 아마도 내게 큰 위로가 필요한 시절이었던 게죠.

찾아나섰죠. 처음에는 가깝고 편리한 박물관이나 미술관에 다녔어요. 관심을 가지고 보니 꽤 있데요. 웃으시는 부처님, 미소 지으시는 부처님… 그렇게 많은 줄 미처 몰랐어요, 정말…

그렇게 만나 뵙고 인사 올리는 일에 재미가 붙자, 이번에는 절간을 찾아다니기 시작했죠. 전국 방방곡곡 크고 작은 절집을 찾아서 떠돌았어요. 다니는 길목에 들판에서 찬이슬 맞고 서 계시는 돌부처님도 뵙고…

웃음에 대한 책도 부지런히 찾아서 읽으며 팔자에 없는 공부를 했죠. 철학자 베르그송의 책 같은 거 말입니다. 아이구 이거 잘 난 척 해서 미안합니다.

어쨌거나 그렇게 쏘다니면서 보니까, 부처님 말고도 웃는 미술이 참 많더라구요. 산신각에도 있고, 기왓장에도 있고, 성황당에도 있고, 민화에도 있고… 아, 그러다 보니 공부 범위가 또 넓어지는 거예요. 끝이 없어요, 도무지 끝이…

그림 그림자

건잡을 수가 없는 거예요. 늦게 배운 도둑질이 무섭다더니 정말 그렇데요… 눈에 뵈는 게 없어요! 결국에는 밥벌이도 내팽개치고…

– 그동안 발견한 웃는 미술은 어떤 것이 있는지요?

많지요, 아주 많아요. 우선 석굴암 본존부처님의 큰 미소부터 신라토기, 귀면와, 하회탈 같은 가면, 도깨비 그림, 민간신앙의 미술들, 장승, 동자상, 동물 조각들… 표정도 무척이나 다채롭지요. 웃음이 그렇게 다채로운 줄은 정말 몰랐어요.

우리 조상님들은 왜 그런 웃는 미술을 만드셨을까 참 궁금해요. 세상이 팍팍하니까… 그런 데서 여유를 찾으신 거겠죠. 아마 그럴 꺼예요. 더 깊은 뜻은 학문적으로 연구할 가치가 충분하다고 생각해요.

– 그 동안의 공부를 발표할 생각은 안 했나요? 가령 책으로 펴낸다던지…

그야… 그런 생각 왜 안 했겠어요? 책으로 내고 싶죠. 혼자만 알고 있자니 죄를 짓는 것 같아서… 그동안 다니면서 모은 자료, 공부한 것 정리하면 책 몇 권 분량은 넉넉하죠.

하지만 이런 데 관심을 갖는 출판사가 없네요. 이런 책을 만드는 데는 돈도 많이 들고, 팔리지도 않는다고 딱 잘라 말하는 거예요. 게다가 저는 이름도 없는 생짜 변두리 인간이니… 돈이 안 된다, 단군 이래 최대의 불황인 지금 모험을 할 수는 없다! 그러는데 무슨 말을 하겠나요.

자비출판도 생각해봤지만, 돈이 만만치 않게 드는 거예요. 가진 돈도 없고, 책 내자고 빚을 낼 수도 없는 노릇이고, 하긴 뭐 돈 빌려줄 사람도 없지요…

그래서 궁리 끝에… 이름 빌려줄 대학교수를 찾고 있어요. 대학교수 이름으로 출판되면 판매에 유리하고, 연구비나 후원금 받을 구멍도 많고 그렇다는군요. 대학교수 양반들 별 거 아닌 내용을 중얼중얼 쓴 책 잘도 내데요.

그래서 대학교수를 찾는 중인데, 헌데 그것도 생각처럼 쉽지 않네요. 교수 실적평가에 논문은 해당되는데, 책은 안 쳐준다나 뭐라나… 그래서 논문을 한두 개 대신 써준 적이 있죠. 낑낑거리고 써줬더니만… 짜장면 한 그릇 사주고 그만이데요. 간짜장도 아니고 그냥 보통짜장 한 그릇으로 입 싹 닦아요. 쓴 쐬주 한 잔도 안 사요.

그것보다도… 나중에 들은 얘긴데… 요점은 너 같은 놈을 어찌 믿느냐는 거더구만요. 그러니까, 책이 나온 다음에 내가 마음이 변해서 양심선언이라도 하는 날에는 개망신은 물론이고 교수 자리도 위태롭다는… 그런 이야기죠. 아시겠어요? 바야흐로 논문 표절이 출세길을 막고, 여자

한테 말 삐꿋 잘못했다가 벼락 맞아 신세 조지는 세상인데 누굴 믿겠느냐 그런 말이예요. 나 참 더러워서!

아이구 이거 얘기가 옆 개천으로 샜네요, 미안합니다.

– 그런 특이한 연구 활동을 하면서 가장 어려운 점은?

외로움이죠. 혼자서 다니다 보니 위험하기도 하고… 옛날에는 간첩으로 오인 받아 끌려가는 일이 많았는데… 요새는 탈북자 취급을 가끔 받지요, 허허… 내 꼬라지가 탈북자 같다나 뭐라나… 하긴 뭐 허름한 행색으로 산골짜기를 헤집고 다니니…

요새는 좋은 친구와 같이 다녀서 한결 편하고 즐겁네요. 새 소리를 녹음하러 다니는 괴짜예요. 메시앙처럼… 메시앙 아시죠, 불란서 작곡가? 미술과 음악은 통하는 데가 참 많아요.

그 친구는 새가 운다는 표현을 아주 싫어해요. 우는 게 아니라 이야기하고 노래하는 거라는 겁니다. 자기는 새들과 대화를 나누고 새들에게 설교를 하신 프란치스코 성인처럼 되고 싶다나요. 아무튼 엉뚱해요, 엉뚱해!

하루는 프란치스코 성인께서 몇몇 수사와 함께 길을 걷고 있었는데, 우연히 도로 양 옆에 있는 나무 위에 수많은 새가 가득 앉아 있는 모습을 봤다지요. 프란치스코 성인께서 동료 수사들에게 "제가 저의 자매들인 새들에게 설교

하러 가는 동안 잠시 기다리십시오."라고 말하고는 새들에게 가서 설교를 하니, 새들이 프란치스코 성인 주위로 날아와서 그의 설교가 끝날 때까지 단 한 마리도 날아가지 않고 조용히 듣고 있었다고 하지요.

감히 그런 성인을 닮고 싶다니 그게 말이나 됩니까?

그런데 이 친구 말이 새들도 가끔씩 웃기도 한다는 거예요. 허허… 새가 웃다니, 지나가던 개가 다 웃을 소리 아닙니까? 허허… 아무튼 괴짜지요, 괴짜! 하긴 뭐 웃는 예수님 찾고 싶어 안달하는 나나 피장파장인가요? 허허…

– 앞으로 연구할 과제가 있다면?

웃는 예수님을 찾는 겁니다. 부처님, 신령님, 도깨비, 탈바가지, 장승… 모두 웃는 얼굴을 찾았는데… 아직 예수님 웃는 얼굴은 못 봤네요. 모두가 엄숙하고 슬프고 비통하고…

내 생각에는 유럽과 중동지역을 구석구석 돌아다니며 찾으면 분명히 있을 것으로 확신합니다만… 중세시대에는 기독교에도 비교(秘敎)나 밀교(密敎) 같은 갈래가 많았거든요. 그런 밀교나 비교의 미술 중에는 웃는 예수님 얼굴이 있을 겁니다. 모두들 웃는데 예수님이라고 안 웃으실 리 없고, 예수님이라고 늘 심각한 얼굴이었을 리 만무하니 말입니다, 안 그래요?

그런데 유럽 여행을 그것도 장기 여행을 할 팔자가 못되니 답답하지요. 당장 돈도 없고…

그래서 몇 년째 먹는 것 입는 것 아껴가며 돈을 모으고는 있는데, 이건 뭐 택도 없네요. 이런 식으로는 죽을 때까지 악착같이 모아도 안 될 것 같아요. 대학교수라면 어디서 연구비나 후원금이라도 받을 텐데 말이죠.

결국 남은 방법은 몇 가지… 복권이 당첨된다, 미친 부자의 돈벼락을 맞는다, 은행을 성공적으로 턴다… 그런 헛꿈이나 꾸며 웃지요, 허허…

웃는 미술을 공부하면서 찡그리면 안 되지요. 안 그래요? 허허… 아, 어린 시절의 그 돌부처님이 무척 뵙고 싶네요. 수줍은 듯 살포시 웃는 그 얼굴 정말 뵙고 싶네요.

터럭 한 올이라도

　- 네 이놈! 이 그림이 네 아비를 그린 초상화란 말이냐?

　- 그러하옵나이다.

　- 네 이노옴! 내가 네 아비의 모색을 익히 알고 있거늘… 이것은 네 아비와는 전혀 다른 얼굴이 아니냐? 옛 어른들께서 이르시기를, 터럭 한 올이라도 다르면 그 사람이 아니다, 한 치도 틀림없이 그려야 비로소 그 사람의 속마음까지 드러내 보여줄 수 있으니, 이를 일러 전신사조(傳神寫照)라고 하느니라… 이리 이르셨거늘… 네 놈은 어찌하여 이처럼 다른 모색의 그림을 네 아비라고 우기는 것이냐? 네 죄가 얼마나 큰지 알기나 하느냐?

　- 아뢰옵기 황송하오나, 그 그림의 인물은 소생의 아비가 분명하옵나이다.

　- 무엇이라?

　- 그 얼굴은 십여 년 전의 제 아비의 모습이올시다. 지금의 늙고 병든 아비도, 오래 전의 젊고 당당한 아비도 모두

제 아비임을 부인할 수 없고, 이왕이면 좋은 모습의 아비를 섬기고 싶은 자식의 마음 또한 당연한 인지상정인바…

- 무엇이라! 십여 년 전의 모색을 지금 어찌 그릴 수 있더란 말이냐? 실물이 눈앞에 없거늘 무슨 수로 터럭 한 올도 틀림없이 그릴 수 있단 말이냐? 옛 어른들의 근엄하신 가르침을 정면으로 거스르겠다는 말이냐? 화원은 대답해 보라.

- 소인 화원 삼가 아뢰오, 소인은 그저 돈 몇 냥에 혹하여 주문주의 요청에 따랐을 따름인 줄로 아뢰오. 생원과 소인은 어릴 적부터 친해온 막역한 술동무로 평소에 잘 알고 지냈는데, 어느 날 생원께서 간곡히 부탁하기를 아버지 초상을 그려 모시고 싶다, 그런데 아버지가 지금 늙고 병들어 누워계시니… 지금의 초췌한 모색으로 그리지 말고 당당하고 멋있는 모습으로 그려 달라, 앞으로 제사도 모시고 자손들에게도 남길 그림이니 되도록 멋지게 그려주면 고맙겠다, 같은 값이면 다홍치마라 이왕이면 좋은 모습의 아버지를 모시고 싶은 것이 자식의 심정 아니겠느냐 하길래… 사또께서 말씀하신대로, 초상화란 터럭 한 올이라도 틀리면 안 된다, 나는 화원의 양심 상 거짓 그림을 그릴 수 없다… 고 단호하게 거절하였더니… 생원께서 간절히 말하기를, 거짓 초상화를 그리라는 것이 절대 아니다, 터럭 한 올도 똑같이 그리되 지금의 모습이 아니라 젊은 시절의

모습을 그리면 될 것 아니냐 하기에… 생각해보니 그 말도 틀린 말이 아닌지라…

  - 그래서 상상해서 멋대로 그렸단 말이냐? 네 이놈 네 죄를 네가 알렸다!

  - 천부당만부당하신 말씀이옵니다. 전신사조를 위해 화원이나 소생이나 할 수 있는 최선을 다 했다고 자신 있게 아뢰올 수 있습니다.

  - 뭐라? 자세히 일러라!

  - 우선 아버지의 젊은 날을 잘 기억하는 일가 친척어르신들을 한 자리에 모시고, 우리 형제 중에 누가 젊은 시절의 아버지와 가장 닮았는지 의견을 물으니, 소생의 아우가 아주 떡살처럼 꼭 빼닮았다고 이구동성으로 말씀하시는지라, 주로 아우를 보고 그렸고, 그리는 중간중간에도 어르신들 말씀을 들어 고치고 또 고치고 다듬기를 수십 차례… 다 완성된 뒤에 모두에게 보이니, 귀신이 그린 것처럼 똑같다고 감탄하여 박수를 치시고, 어머니는 감격하여 눈물을 줄줄 흘리시는지라… 이 이상의 전신사조가 어디 있으랴 하여…

  - 병석의 애비에게는 안 보였느냐?

  - 안 보였사옵나이다.

  - 어째서?

  - 본디 본인이 자기 얼굴을 가장 잘 모르는 법이지요.

                                                그림 그림자

– 네 이놈! 화원(畵員)이라 하면 나라의 신성한 녹을 먹는 신분이거늘… 감히 쥐새끼처럼 뒷구멍으로 개인 일을 하여 치부를 하다니…

– 아뢰옵기 황송하오나… 사또께서 말씀하신 신성한 녹봉은 쥐꼬리만도 못한데, 목구멍은 포도청인지라… 하오나 소인이 돈을 탐하여 이 그림을 그린 것이 절대 아니옵니다. 소인이 알기로 무릇 화원은 자나 깨나 철차탁마 솜씨를 익히는 것이 마땅한 일인지라… 그래서 연습을 위해 아는 이의 초상화를 그린 것이옵고… 화대로 말씀 올리자면, 소생의 내자가 받았기에 소생은 전혀 모르는 일인 줄로 아뢰오.

– 무엇이라? 무엄하다! 여봐라, 저 놈이 다시는 허튼 생각을 못하도록 단단히 묶고 곤장 다섯 대를 치는 둥 마는 둥 하라!

– 생원 듣거라. 너는 초상화가 얼마나 중요한 것인지, 왜 거짓 얼굴을 그리면 안 되는지를 알고는 있느냐?

– 무슨 말씀이온지 알쏭말쏭 합니다. 소생은 그저 조금이라도 멋진 모습의 아버지를 모시고 효도를 하고 싶을 뿐…

– 여봐라, 이방은 저 놈이 잘 알아듣고 더는 다른 말을 하지 못하도록 단단히 일러주도록 하라.

– 예이이이… 네 이놈 두 귀 쫑긋 세우고 잘 들어라. 옛날 옛적 중국 한나라 원제 시절 왕소군(王昭君)이라는 후궁이 있었는데, 이 왕소군은 중국 4대 미녀 중의 한 사람으로 꼽히는 절세미인이라. 그 때에 오랑캐 흉노의 왕이 예쁜 여성을 뽑아 조공으로 보내라고 무리한 요구를 하였는데, 도저히 이를 거절하기 어려운 상황인지라… 이에 왕이 꾀를 내어, 후궁 중 가장 못생긴 여성을 뽑아 흉노에게 보내기로 하고, 이를 위해 모든 궁녀들의 초상화를 그려 바치도록 명했는데… 이에 영문을 모르는 궁녀들은 왕에게 간택될 기회라고 생각하고 저마다 화원들에게 뇌물을 주어 아주 예쁜 모습으로 그려졌는데, 오로지 왕소군은 뇌물을 주지 않아 가장 보기 흉하게 그려져 있었겠다. 이에 왕소군이 흉노에게 보낼 여성으로 선택되었으니… 그런데, 흉노 황제에게로 떠나는 날, 이별을 알리기 위해 마련된 자리에서 보니, 왕소군은 천하의 미인인지라. 왕은 그 아름다움에 정신을 빼앗겼지만, 어쩔 수 없이 보내고 말았고… 격노하여 초상화를 그린 화원의 목을 쳤다고 전한다. 이러한 이야기는 후한 시대의 『서경잡기(西京雜記)』라는 책에 실려 있느니라. 잘 들어라, 이렇게 초상화는 한 인간의 운명을 가르는 중요한 것이니, 함부로 해서는 안 되느니라, 알아들었느냐? 이제 네 죄를 네가 알겠느냐?

– 아뢰옵기 황송하오나, 아무리 생각하고 또 생각하여도

이왕이면 좋은 모습의 조상을 모시려는 자식의 마음이 칭찬을 받아 마땅하지, 어찌하여 죄가 되는지 모르겠나이다. 이미 아뢰온 대로, 젊은 시절의 아비도 늙은 아비도 제 아비임에 틀림이 없을진대…

– 그럴 마음이었으면 아비가 젊었을 적에 그렸어야지…

– 그 때는 그럴 형편이 못 되었습니다. 머리도 아둔했고, 돈도 없었고… 아뢰옵기 황공하오나, 사또께서라면 늙어 꼬부라진 아비 모습과 젊고 건강한 아비의 모습 중 어느 쪽을 택하시겠습니까? 솔직하게…

– 뭐, 무엇이라! 저 놈이 감히!

– 사또, 소생 이방 아뢰오!

– 말하라!

– 저런 놈은 당장에 목을 매달아 저자거리에 내놓고, 삼족을 멸함이 마땅한 줄로 아오나, 시대 분위기와 정상을 참작하여 곤장 백 대를 치소서. 저런 놈을 엄벌에 처하지 아니 하면, 앞으로 엉터리 초상화, 가짜 얼굴이 세상을 뒤덮어 어지럽고 무서워질 것이 명약관화 불을 보듯 뻔한 일이옵고, 이는 나라의 기강을 무너트리는 일인바… 나라의 기강이란 한 번 무너지기 시작하면 걷잡을 수 없이…

– 옳은 말이로다. 과연 이방이로다!

– 황공무지로소이다, 사또!

– 여봐라, 이방의 말대로 저놈이 정신이 버쩍 들도록 매

우 치고 또 쳐라!

*

효자 생원의 비명소리가 낭자한 가운데, 그 소리에 섞여 사또의 푸념이 귀 밝은 사람들에게는 똑똑히 들렸다고 전한다.

"아, 사또짓 못해먹겠다! 백성도, 이방도, 화원도 너무 똑똑하여 소름이 돋을 지경이로구나."

또 한 가지 바람결에 들려온 소문에 따르면, 이방이 은밀히 화원을 불러 들여 제 아비 젊은 시절의 모습을 그려 다락에 감춰두었다고 전한다.

그림 그림자

까치 그리는 이

— 옛사람 열전(1)

그이는 평생 까치만 그렸다네. 덩덩기 쿵딱, 몇 마리나 그렸는지를 헤아리는 것은 바다의 파도를 헤아리는 것만큼이나 부질없는 짓.

죽는 순간에도 손을 들어 허공에 까치를 그렸다고 전해지지만, 하필이면 왜 까치를 그렸는지는 스스로 이야기한 바 없으므로 정확하게 알 길이 없네, 알 필요도 없고. 다만 안타까울 따름. 덩덩덩 덩기.

뒷날 어떤 이가 적은 글이 전하는데, 일러 가로되.

"감히 미루어 짐작컨대 그가 지치지 않고 까치를 그린 것은 스스로를 까치라고 믿었기 때문이리라. 혹은 전생이 까치였을 것이다. 그러니까, 까치 그림은 그의 자화상인 셈이다."

흐음, 아주 그럴듯한 말. 전하는 바로는 그이의 생김새나 행동거지가 까치를 닮았고, 나이가 들어갈수록 자신이 그린 까치와 흡사해졌다고. 믿을 만한 가치 있는 말씀으로 세, 쿵타닥.

사람들은 그이의 까치 그림을 무척 좋아하여 다투어 가지려 했다지. 높은 심미안 가진 이나 그림 전혀 모르는 사람이나 그이의 까치 그림을 좋아하기는 마찬가지.

참으로 여러 모양의 까치를 그렸네. 나뭇가지에 앉아 있는 까치, 이리저리 포로롱 포로롱 날아다니는 까치, 밥 먹고 물 마시는 까치, 우는 까치, 노래하는 까치, 시 쓰는 까치, 저만치 홀로 앉아 외로워하는 까치, 철학하는 까치, 기도하는 까치, 사랑하는 까치⋯ 어떤 까치나 지극히 까치다웠지. 그이가 붓을 아무렇게나 움직여도 생생한 까치가 되었는데,

다만 정치하는 까치, 싸우는 까치, 부끄러움 모르는 까치, 욕심꾸러기 까치 따위는 결코 그리지 아니하였다네, 결코! 쿵탁 쿵타닥.

그 많은 까치 중에서 가장 높게 치는 까치 그림은 나그네 까치. 그림 한 구석에 작은 글씨로 삐뚤빼뚤 적혀 있기를.

"떠나온 곳은 있으되
돌아갈 곳 없으니
외로워라"

옛 말씀에 이르기를, 참으로 지극하면 모든 것의 끝은 하나로 통한다고 하였는데, 과연 그이가 그린 까치에는 인

그림 그림자

생사 희로애락 고스란히 담겨 있었으니, 그래서 사람들이 그이의 까치 그림을 좋아하는 것.

그 무슨 놈의 까치냐고 웃을 일이 결코 아니지. 웃으면 안 되지! 아무리 하찮은 것이라도 지극한 마음으로 끝까지 파고들면 하늘로 통한다는 진리 한 토막. 더엉더끼 덩더엉.

다만 안타까운 것은 그이가 그린 까치를 지금은 볼 수 없다는 사실. 그이가 눈 감은 지 얼마 안 있어, 그림 속에 노닐던 까치들이 모두 울면서 하늘로 날아갔다고 전해지네. 저 멀리서 그이가 부르는 소리가 들리자 까치들이 일제히 날아올랐다는 이야기도 있으나, 온전히 믿어도 될까? 글쎄? 하지만 그 말을 믿고 싶어 하는 사람 매우 많으니 참으로 괴이한 일. 덩더끼.

까치다운 까치 못내 그리워 몰래 흐느끼는 바보 같은 사람들…

화인(畵人) 장돌맹 약전

　장돌맹은 노비 출신으로 신기(神技)에 가까운 그림 솜씨를 보였다. 다만 가진 자들을 위해서는 그리지 아니하였다.

　아주 어렸을 때부터 그림을 매우 잘 그려 주위를 놀라게 했다. 무엇을 그리건 똑같이 닮으니 그저 신기했다. 누구에게서 타고난 재능인지는 분명치 않다. 혹자는 하늘이 내린 솜씨임이 분명하다고 말한다.

　장돌맹이 태어난 무렵은 세상이 심히 어지럽고 험한 난세였다. 곳곳에서 백성들이 꿈틀대고, 어떤 지방에서는 무섭게 들고일어나고 있다는 소문이 바람결에 들렸다.

　난세가 늘 그러하듯, 그림나부랭이와는 전혀 상관없이 세상은 험상궂게 돌아갔다. 그런 가운데도 장돌맹은 오로지 그림을 그렸다. 가히 화인(畵人)이라 부를만 하다.

　장돌맹은 어미와 함께 힘겨운 노비생활을 하며 어린 시절을 보냈다. 아비는 허망하게 일찍 세상을 떠났기에 얼굴

조차 기억하지 못한다. 아비가 남겨준 것은 오직 돌맹(突孟)이란 이름뿐인데, 그나마 한자는 나중에 억지로 붙인 것이다. 돌맹이처럼 단단하게 생겼으니, 한 세상 그렇게 단단하게 살아남으라고 지은 이름이다. 장돌맹은 아비의 유일한 유산인 이름을 소중하게 여겼다.

노비가 되기까지는 기가 막힌 사연이 있다고 하나, 자세하게 전해지지 않아 알 수 없다.

노비 장돌맹은 아주 어릴 적부터 하루 종일 쉬지 않고 일을 했다. 온갖 잡일에, 도련님 치다꺼리로 쉴 틈이 없었다. 특히 도련님의 심술과 구박이 매정하고 모질었으나 잘 이겨냈다. 자주 짐승 대하듯 험하게 굴기도 했지만, 어머니를 위해 이를 악물고 참았다. 어머니의 눈물만은 보고 싶지 않았다.

아아, 종살이의 고달픔과 서러움을 어찌 말로 다 하랴! 그러면서 장돌맹이는 정말 돌맹이처럼 단단해져갔다.

매일 나무를 하러 자기 키보다 큰 지게를 지고 산으로 다녔는데, 그 시간이 그나마 편안한 시간이었다. 잠시 쉬면서 하늘을 올려다보고, 나무와 이야기도 나누고, 꽃의 노래를 들을 수 있고… 주위에 있는 색깔들을 유심히 살피곤 했다. 아무리 봐도 똑같은 색은 하나도 없었다. 참 신기했다.

무엇보다도 그림을 그릴 수 있어서 좋았다. 나뭇가지로

땅바닥에다 그렸다. 마음 가는 대로 아무 거나 그렸다. 특히 산중턱에 있는 나이 많은 소나무를 자주 그렸다. 그 할배 소나무와 이야기를 나누며 그리노라면 마음이 편해지는 것이 정말 좋았다.

어느 날, 나무를 다 해 지게에 단단히 묶어놓고 잠시 쉬면서, 땅바닥에다 신나게 그림을 그리고 있는데, 뒤에서 굵은 어른 목소리가 들려왔다.

"허허 그 녀석 참, 썩 잘 그리는구나…"

스님이었다. 허름한 차림이었지만, 눈매는 빛났다. 얼른 일어나 합장을 하고 머리를 깊이 숙였다.

스님은 땅바닥에 그려진 소나무를 유심히 보시더니 고개를 끄덕이며 짧은 신음을 내뱉었다.

그 후로도 여러 번 스님을 만났다. 공교롭게도 매번 그림을 그리고 있을 때였다. 그림을 보러 일부러 오시는 것 같기도 했다. 스님과 이런저런 이야기를 나누기도 했다. 그러는 동안, 스님 뵙는 기쁨으로 산에 가는 것이 즐거웠다.

어느 날 스님께서 말씀하셨다.

"그림을 제대로 배워 볼 생각은 없느냐?"

"제대로 배운다는 건 무슨 뜻인가요?"

"더 잘 그리게 된다는 뜻이지…"

"네, 더 잘 그리고 싶어요. 마음을 잘 그릴 수 있으면 정말 좋겠어요. 제가 어찌 하면 되나요?"

"그러면… 내 암자에 와서 살면서 수양을 하도록 해라. 수양이 어느 정도 되면 좋은 스승님께 데려다주마."

"그리 할 수는 없습니다."

"어째서?"

"저는 노비라서 이곳을 마음대로 떠날 수 없고… 제가 없어지면 어머니가 무슨 험한 고생을 겪으실지 알 수 없습니다. 저는 아무래도 좋지만 어머니는…"

"그림을 그리고 싶은 마음이 간절하지 않다는 말이냐?"

"그림이 아무리 좋아도, 어머니만은 못하지요."

"음, 그렇구나… 나무아미타불 관세음보살."

스님은 아무 말도 더 하지 않았다. 깊은 생각에 잠겨 하늘을 올려다보며 염주를 굴렸다.

*

스님께서 무슨 말을 어떻게 하셨는지는 알 수 없지만, 그렇게 무섭고 매정한 주인마님께서 그림 배우러 가도 좋다고 허락하였다. 꿈에도 생각지 못한 일이었다. 신기했다.

하지만, 어머니 생각 절절하여 차마 떠날 수가 없었다.

어머니가 어린 아들의 손을 잡고 간절하게 말했다.

"애야, 내 걱정일랑 조금치도 하지 말아라. 네가 잘 된다면 나는 죽어도 상관없다. 어서 가거라, 돌맹아. 밥 잘 챙겨 먹고… 아무 것도 해줄 수 없어 미안하구나, 정말 미안하구나. 어미가 널 사랑하고 있다는 것만 잊지 않으면 나는 죽어도 상관없다, 돌맹아."

굵고 뜨거운 눈물이 손등 위로 떨어졌다. 아들도 어머니도 여름날 소나기처럼 눈물을 흘렸다.

아들은 스님을 따라 나섰다. 뒤돌아보고 또 돌아보며 떠났다.

*

장돌맹의 그림 공부가 어떠했는지는 자세히 알려지지 않는다. 그저 목숨을 걸고 그렸다, 마음을 바르게 읽고, 마음과 손이 숨 쉬는 것처럼 자연스레 이어지도록 훈련했고, 사는 일과 그리는 일이 다르지 않다는 것을 깨닫는데 참 오래 걸렸다… 그런 짐작들이 전해지지만, 확인할 길이 없다.

*

장돌맹이 오목산 의적패 산채에 들어왔을 때, 그는 이미 훌륭한 화인이 되어 있었다. 소나무를 특히 잘 그려 '장솔'이라 불리고, '솔거 환생'이라는 칭송도 들었지만, 소나무 말고도 무엇이든 두루두루 잘 그렸다. 다만 아무 때나, 함부로 그리지 않았다. 꼭 필요할 때만 정성을 다해 그렸다.

부자동네로 가면 편하게 그림을 그리는 호사를 누릴 수 있을지도 모르겠지만, 자신이 노비 출신이니 백성들을 위해 일어난 의적패에 가담하는 편이 지극히 당연한 일이라고 그는 생각했다. 그건 그림보다 어머니를 더 소중하게 여기는 것이나 같은 일이었다. 스님께서도 그렇게 말씀하셨다. 백성들을 위한 그림을 정직하게 그리라고… 그것이 참 그림이라고…

산채에서는 그를 '짱똘화사'라고 부르며 극진하게 대접했다. 어떤 그림을 그리라고 요구하는 일도 없었고, 무엇이든 그리고 싶은 것을 부족함 없이 그릴 수 있도록, 구하기 어려운 재료도 어떻게든 구해오는 등, 뒷바라지에 정성을 다했다. 산채 사람들은 그를 어려워하면서도, 매우 친하게 지냈다.

장돌맹은 산채 공회당 벽을 가득 채운 『천하태평도』 벽화를 그렸다. 농사짓는 백성들의 사계절을 힘차고도 정감 어리게 그렸다. 일하는 이들의 땀방울이 한 방울 한 방울 살아 반짝였다. 삶과 그림이 하나임을 보인 것이다. 산채 사람들은 자신들의 살림살이가 생생하게 담겨있는 벽화를 보며 흐뭇해했다. 그림이 고달픈 삶을 어루만져준다고 느꼈다.

『후천개벽도』는 아들을 기다리다 기다리다 기다리다 저 세상으로 가신 어머니를 기리며, 미륵세상을 그린 병풍이다. 스님께서도 일부러 와서 보시고 함박 웃으셨다.

"나무관세음보살… 참 잘 그렸구나. 그리는 것이 곧 기리는 일이란다. 그래서 그림은 그리움인 거지… 장하다."

장돌맹이 그린 그림 중 사람들이 가장 좋아한 것은 백성들을 위해 제작한 목판화들이었다. 참으로 많은 판화를 그렸다. 백성들의 살림과 눈물을 담은 소박한 그림들, 수복 강령을 비는 십장생이나 모란꽃 같은 목판화를 철마다 수천 장씩 찍어서 나누어주었다.

저마다 가지고 싶어 했고, 벽에 붙여놓고 자랑스러워했다. 난생 처음으로 누려보는 호사였다.

"그림은 뭐니뭐니 해도 우리 짱똘거사밖에 없지."

어떤 지방에서는 장돌맹의 그림을 보고 백성들이 분노하여 일어났다고 한다. 하지만 장돌맹은 불끈 쥔 주먹을 허공에 대고 휘두르는 따위의 분노를 담은 그림을 그리지 않았다. 다만, 어머니의 자장가처럼 더운 마음을 다해 정직하게 그렸을 따름이다.

　　　　　　　　　　　　　그림 그림자

전국 각지에서 의적이 일어나자 나라에서는 불안한 나머지 대대적인 토벌에 나섰다. 막강한 무기와 병사를 앞세운 관군이 곳곳의 의적 본거지를 무지막지하게 짓밟았다.

장돌맹이 있던 오목산 산채도 깡그리 박살나고 불타버렸다. 그 바람에 장돌맹이 그린 그림들도 모두 소실되어, 한 점도 전해지는 것이 없다. 숱한 사람이 죽어 가는데 그림을 먼저 챙길 수는 없었다. 옛 말씀에 이르기를 "언제나 그림보다 목숨이 먼저인 법이다."

그렇게 많이 찍어 나눠준 목판화도 한 점 전해지는 것이 없으니 참 이상한 일이다. 소문에는, 그 그림을 보고 백성들이 일어나니, 심히 불온한 그림이라하여 나라에서 모두 찾아 없앴다고 한다.

간신히 목숨을 건진 장돌맹은 더 깊은 산속으로 들어갔는데, 그 후로는 아무도 그를 본 사람이 없다고 전한다. 혹자는, 신선이 되어 어머니를 업고 다니며 그림을 그린다는 소문을 들었다고 하는데, 사실은 확인할 길이 없다. 다만 이런 노래가 후세 사람들에게 전해진다.

짱똘화사 그림 보노라면
울 어머니 냄새 물씬 풍겨

나도 모르게 눈물 스르르

그림이 그리움인줄 알겠네

　오호통재, 그런 그림들이 후세에 전해지지 않는 것이 한
스러울 따름이다. 일설에는 삼천리강산 바위 여러 곳에 장
돌맹의 그림이 남아 있는데, 사람들이 알아보지 못한다고
하는데, 이 또한 확인할 길이 없다. 아, 슬프다.

호질 외전(虎叱 外傳)

인왕산 호랑이 대왕께서 이르시기를, 백성을 지극히 사랑하는 마음으로 우리도 외로움 담당 기관을 신설할 생각이니, 이를 담당할 대감 후보를 널리 공모하여 뽑으라.

이에 영의정 이하 관계 대감들이 모여 머리에 머리를 맞대고 회의에 토론을 거듭한 결과, 아무래도 외로움은 감정의 문제라 이를 슬기롭게 다스리기에는 예술이 제격이라, 예술 중에서도 시각예술인 미술, 미술 중에서도 그림⋯ 화가 중에서 마땅한 사람을 담당 대감으로 뽑기로 정하고, 후보자 모집과 인선작업에 박차를 가하는구나.

대감을 공모한다는 소문이 퍼지자, 전국 방방곡곡에서 후보자가 구름같이 뭉게뭉게 모여들어 저마다 자기가 대감으로 꼭 맞는 적격자라 우겨대니, 나라에 이렇게 인재가 많은 줄을 이제야 알겠구나.

그 많은 지원자 중에서 엄격한 예비심사를 거쳐, 네 사람을 최종 후보로 뽑아, 정식 청문회에 올려 엄중한 검증을 하는데…

제일 먼저, 설치미술과 미디어 아트를 한다는 젊은 후보
가 금방 비행기에서 내린 듯한 날렵한 맵시로 나와 커피
냄새 풍풍 풍기며 새된 목소리로 설쳐대는데.

"한마디로 말해서 예술의 생명은 새로움이라. 미술도 마
찬가지! 디지털, 인공지능이 설치는 첨단문화시대에 사람
들의 깊은 고독과 외로움을 달래기 위해서는 첨단의 세련
된 감각과 새로운 소통 감각이 필요하다. 구시대의 낡은
감각으로 설쳐서는 어림도 없다. 따라서 해외 여러 나라를
떠돌며 다년간 공부하여 젊은 감각과 세계적 흐름에 정통
한 내가 대감 적격자라고 자신 있게 주장하는 바이다. 새 시
대가 열린다. 노털들은 물러가라! 물러가라! 물러가라!"

이어서 시원한 민대머리에 빵떡모자를 비스듬 눌러쓴
나이 지긋한 화백이 우아하게 말하기를.

"에, 존경하고 사랑하는 의원 여러분, 무릇 그림의 근본
은 아름다움이라. 아늑하고 편안한 자연과 따스한 사랑의
세계를 누구나 알기 쉬운 미술작품으로 형상화해온 우리
야 말로 외로움 담당 대감으로 안성맞춤이다. 내가 아니면
누가 그 막중한 중책을 감당하겠는가? 내가 그린 꽃이 단
연 아름답다는 것을 굳게 믿으며 나는 감히 외로운 영혼들

에게 그림으로 말을 걸고 싶다. 동서고금 자고로 그림이란 본질적으로 아름다움을 통한 치유의 역사에 다름 아니라는 점을 강조하며, 여러분의 현명한 판단을 믿어 의심치 않는 바이다. 결론은 이미 난 것이나 마찬가지이니 시간 낭비 없으시기 바란다."

이번에는 치렁치렁 긴 머리를 질끈 묶고, 구멍 숭숭 뚫린 청바지를 입은 화백이 매우 추상적 걸음걸이로 흐느적흐느적 나와 애매모호한 목소리로.

"그림의 세계를 말로 설명한다는 것 자체가 아주 웃기는 일이 아닐 수 없다. 그러므로 지극히 짧게 결론만 말하겠다. 우리의 삶은 추상이다. 순수하고 치열한 추상의 오묘한 세계. 결론적으로 외로움의 치유는 추상화로만 가능하다. 추상 중에서도 가장 간결한 단색화에 세계인의 박수와 환호가 집중되는 까닭을 깊이 생각하기 바란다. 다시 한 번 말한다, 인생은 추상이다! 논리로는 도저히 설명 안 되는 일이 얼마나 많은가!"

마지막으로, 척 봐도 예술가로 보이는 화백이 낡은 개량 한복을 걸치고 촛불을 들고 나와 잔뜩 쉰 수리성으로.

"우리 사회의 근본적인 개혁과 과감한 청산 없이는 외로움의 문제도 해결할 수 없다. 할 수 없다! 할 수 없다! 할 수 없다! 일시적인 위로는 진통제일 뿐이다. 특히 짙은 구조적 외로움에 떨고 있는 민중과 소외계층에게로 내려가 그들과 체온을 나누며 함께 울고 웃는 미술만이 근본적 해결책이다. 민중을 위한, 민중에 의한, 민중의 미술! 누가 대감이 될 것인가? 민중들이 주시하고 있다. 여러분의 진정성 있는 판단을 촉구한다. 촉구한다! 촉구한다! 촉구한다!"

이처럼 훌륭함과 나라 사랑이 막상막하로 팽팽하니 도무지 우열을 가릴 수가 없도다. 영의정 이하 관계 대감들이 다시 모여 머리에 머리를 맞대고 갑론을박 토론에 토론을 삼박사일이나 거듭해도 결론을 못 내는구나. 아, 우리나라에 이렇게 뛰어난 인재가 많으니 어찌 기쁘지 아니하랴.

*

세상에는 항상 반전이 있는 법, 그래서 재미있는 것.
호대왕께서 껄껄 웃으며 말씀하시기를.
"나라에 이렇게 인재가 많고, 나라를 위해 목숨을 던질 재목이 이리도 많다니 참으로 반갑고 믿음직스럽도다. 무엇을 숨기랴, 있는 그대로 말한다. 사실은 대감을 뽑으려는 것이 아니라, 내 생일에 특식으로 잡아먹기 위해 한 사람을 뽑으라 명한 것이다. 내가 인육 맛을 본 지 오래라, 나라를 사랑하는 충심으로 기쁘게 한 몸 바치기 바라는 바이다."

말씀을 들은 최종 후보들이 기겁을 하여 와들와들 떨며 아우성을 빼락빼락 치는데, 구구절절 옳은 말이라, 단 한 마디도 버릴 것이 없구나.

"아이쿠, 소생은 비록 흙수저로 태어났으나 운이 좋아 좋은 대학 다니며 공부도 많이 했고, 지금은 대학교수로 온갖 특혜를 누리고 있으니 도저히 참다운 민중이라고 볼 수 없습니다. 감히 다른 사람의 외로움을 치유하다니 천부당만부당 당치도 않습니다. 당연히 부적격이올시다. 이에 대감직을 과감히 사퇴하오니, 참작하소서. 참작하라! 참작하라! 참작하라!"

"에, 먼저, 존경하고 사랑하는 백성 여러분에게 죄송하다는 말씀을 드립니다. 우리의 인생은 절대 추상일 수 없습니다. 인생은 구체적이고 현실적이고 절박한 필연과 필연이 필연적으로 맺어진 인과관계이지, 결코 추상일 수 없습니다. 따라서 저는 외로움을 치유하는 일에 적합하지 않음을 고백하는 바입니다. 그럼에도 불구하고, 그림을 말로 설명하는 것은 아주 웃기는 일이올시다."

"참으로 미안하고, 하늘 우러러 부끄럽습니다. 세상의

아픔을 모른 척하고 음풍농월로 소일한 세월이 참으로 참담하고 죄스럽소이다. 반성과 참회합니다. 다만 반성에 시간이 상당히 많이 걸릴 것으로 사료되는 바, 대감 자리를 내려놓고 낙향하여, 그림이란 정말 무엇인가를 심도 깊게 탐구하려 합니다. 따라서 나라를 위해 몸 바치기가 어렵다는 점 널리 양해하시기를…"

"우선 저는 아직 어리고 덜 익었다는 점을 말씀드리며, 나라의 미래인 가능성의 싹을 꺾지 마시기를 간곡히 부탁 올립니다. 그리고 지금 막 시작한 작업들이 과연 진실인지를 확인할 시간도 필요합니다. 더 이상 어설피 설치지 않고 와신상담하여 제대로 설칠 것을 약속드립니다. 때를 기다리는 지혜를 주신 여러분께 감사드립니다. 가내 만수무강을 기원합니다."

이러저러하여 대감 선정은 실패로 돌아갔고, 결국 호대왕께서는 생일날 쫄쫄 굶으셨는데도 전혀 화를 내지 않으셨으니, 이 모두가 백성 사랑이 지극한 때문이라는 이야기, 그리고 외로움 담당 대감 자리는 음악가에게 돌아가고 말았다는 서글픈 이야기가 오늘날까지 은밀하게 전해온다.

그림 그림자

K-아트의 선봉장

"잘 들어라, 나의 사랑하는 돈식이 돈순이들아! 우리는 지금 중차대한 전환기 앞에 서 있다. 창조적이고 예술적인 도전이 우리를 기다리고 있다. 역사적 도전이기도 하다.

그대들이 훌륭한 미술가로 다시 태어나 대한민국의 빛나는 민족성을 세계만방에 마음껏 떨치기 바란다. K-아트의 선봉장이 되어주기 바란다. 아프리카에서 한 일을 우리가 못할 리가 없다. 안 그러냐? 하면 된다! Hal Su It Da!"

'도야지천국' 사장이 허공을 향해 주먹을 휘두르며 말했다. 도야지들은 일제히 고개를 끄덕이며 꿀꿀꾸우울 합창으로 화답했다.

세상일은 종종 공교롭다.

그가 그 시기에 그 기사를 읽은 것도 참 공교롭다 할 것이다.

의욕적으로 시작한 돼지 사육 사업체 '도야지천국'의 운영이 한계에 부딪쳐 어려운데다. 전염병은 번지고 돼지값은 폭락하는 판이라 짜증이 극에 달한 무렵에 남아프리카공화국에서 등장한 그 유명한 피그카소의 기사를 읽고 무릎을 힘차게 내리쳤다.

"아! 여기에 길이 있구나! 도야지가 단순히 삼겹살 제공하는 짐승에 그치는 것이 아니로구나! 그림 그리는 예술적 도야지를 길러서 작품을 팔면 삼겹살 파는 것보다 훨씬 이윤도 크고, 한결 고상하고 멋있겠다. 그림 못 그리는 놈은 그냥 고기로 팔면 되니 손해날 것 없는 일석이조로다!"

아프리카에서 가능한 일을 우리가 못할 리 없다. 된다, 하면 된다! 그림 그리는 도야지가 꼭 한 마리일 필요는 전혀 없다. 다다익선 많을수록 좋다… 생각할수록 그의 의욕은 활화산처럼 무섭게 용솟음쳤다.

피그카소 기사를 읽고 또 읽어서 아예 달달 외워버렸다. 피그카소에 대해서 쓴 글도 모두 찾아서 읽었다.

*

세상에는 사람보다 훨씬 유명한 짐승이 많다. '피그카소'도 그런 유명 동물 중의 한 분이시다. 피그카소(pigcasso)라는 이름에서 금방 알아챘겠지만, 그림 그리는 돼지, 즉 '돼지 화가'시다. 남아프리카공화국에 사는 6살 암컷 돼지다.

이 피그카소가 그린 작품 『야생과 자유(Wild and Free)』 가 무려 2만 파운드(약 3174만원)에 팔려서 화제가 된 일이 있다. 동물 화가가 그린 작품 중 가장 비싼 값이었다. 그 이전의 최고가 기록은 침팬지 화가 '콩고' 화백의 1만 4000파운드였다니, 돼지가 원숭이를 가볍게 눌러버린 셈이다.

참고로, 작품 『야생과 자유』는 "피그카소가 남아공 웨스턴케이프의 바다를 보고 영감을 얻어 그린 작품으로, 파란색, 녹색, 흰색 등의 줄무늬가 특징이다. 피그카소는 입에 붓을 물고 아크릴 물감으로 대형 캔버스에 이를 그렸다."는 친절한 설명이 붙어있다고 한다.

'빈센트 햄고흐'라는 멋진 별명도 가지고 있는 피그카소는 지금까지 400점이 넘는 작품들을 그렸고, 2019년에는 전시회도 가졌다. 작품들은 대부분 판매된 것으로 알려져 있다. 그가 완성한 작품에는 코로 한 '낙관'이 찍혀있다고 한다.

피그카소는 2016년 태어나 생후 한 달쯤 동물단체의 조앤 레프슨이라는 사람에게 구조됐다고 한다. 우연히 헛간에 있던 붓을 좋아하는 것을 보고, 그 아기 돼지가 그림에 관심이 있다는 걸 알아봤다고 한다. 그림 덕에 도살장으로 끌려가 돼지고기가 될 운명에서 구원을 받았다는 감동적

(?) 이야기다. 미술은 구원인가?

피그카소 작품의 판매수익은 동물 보호를 위해 사용된다고 한다. 구원에 대한 보답인가?

피그카소의 사연은 단순히 신기한 화제에 그치는 것이 아니라, 그림이란 무엇인가, 라는 근본적인 질문과 이어진다. 그림에 대해서 글을 쓰는 평론가들을 난처하게 만드는 일이기도 하다. "예술이란 인간 정신의 표현이다."라는 주장이 무색해지기 때문이다.

피그카소의 보호자이자 예술가인 레프슨은 이렇게 말한다.

"이 작품은 단순히 시각적으로 인상적이고 아름다울 뿐만 아니라, 동물들에게 큰 의미가 있다. 이 그림을 보면 동물들의 지능과 창의성에 큰 가치를 둘 수밖에 없을 것이다."

동물들의 지능과 창의성에 큰 가치를 둔다구? 정말 그런가?

동물이 그린 그림은 많다. 원숭이, 코끼리, 돼지 등이 화가로 활약하며 많은 작품을 남겼다. 이 작품들은 이른바 '추상화'라는 그림이다. 무엇을 그린 것인지 말로 간단하게 설명하기 어려운 그림들이다.

결과물인 작품만 보고는 인간이 그린 것인지, 동물의 작품인지 구분하기 어려운 경우도 많다. 실제 실험을 통해서 밝혀진 사실이다. 이름 높은 화가의 작품과 어린아이의 그림, 동물의 그림을 섞어놓으면 제대로 구분하지 못한다.

무엇으로 사람이 그린 그림과 동물의 작품 사이의 차이를 설명할 수 있을까? 그림에 담긴 인간의 사상이나 철학, 정신세계란 무엇인가? 사람을 감동시키는 아름다움이란 무엇인가? 그것이 알고 싶다.

*

돼지 화가 만들기를 구상하는 동안 본질적인 문제들에도 자연스레 생각이 미쳤다. 예술은 인간만이 할 수 있는 정신활동이다? 정말 그런가? 그런 믿음은 인간의 오만이요 독선이 아닐까? 도야지를 비롯한 모든 짐승들도 영혼을 지니고 있다. 그걸 학자들은 애니미즘이라고 부른다고 들었다.

*

일단 방향이 정해졌으니 망설일 필요가 조금도 없다. 당장 실행에 옮기자.

우선 사육하고 있는 도야지 중에서 예술적 재능이 있어 보이는 놈들을 선발하여 강훈련에 돌입했다. 훈련실을 마

런하고, 강도 높은 학습계획을 세웠다. 예술교육에서 가장 중요한 것은 역시 치밀하고 전문적인 커리큘럼이다. 우리나라의 예술교육이 실패한 부분이기도 하다.

정신의 방향성 또한 대단히 중요하다. 그래서, 훈련실 입구에 백범 김구 선생의 말씀을 크게 써 붙였다.

"나는 우리나라가 세계에서 가장 아름다운 나라가 되기를 원한다."

세계적 관심을 모아 화제를 집중시키려면, 남아공의 피그카소보다 뛰어나야 할 것이므로, 교육도 그만큼 강력하고 치밀해야 한다. 한국적인 작품을 그리면 더욱 차별화된 화제를 모을 수 있을 것이다.

무엇보다도, 가장 중요한 홍보를 소홀하게 할 수 없다. 이름부터 지었다. 궁리 끝에 'K-돈(豚)카소'로 지었다. 돈식이 돈순이라는 평범한 이름으로 세계무대에서 빛을 보기 어려울 것이므로, 피그카소를 살짝 비틀어 만든 이름이다.

그림의 예술성이나 질적 수준을 지적하는 사람도 꽤 있었지만, 어차피 뭐가 뭔지 모를 그림이 대세인 세상이니 크게 문제가 될 건 없다.

더 중요한 매스컴 타기에도 신경을 집중했다. 신문사, 방송국에 근무하는 친구들의 인맥을 총동원했다. 그림 그리는 도야지가 나오기만 하면 큼직하게 다뤄주겠다는 약속을 받아냈다. 독점 취재가 가능하도록 적극 협조하겠다는 각서도 썼다. 글을 써줄 평론가도 섭외해놓았다.

이제 남은 것은 오직 도야지다. 도야지가 그림을 그리기만 하면 상황 끝, 만세삼창이다!

*

하지만 도야지를 화가로 만든다는 것은 결코 간단한 일이 아니다. 예술적 기질이 보이는 놈들만 엄선했는데도, 붓에 관심을 보이는 놈조차 한 놈도 없었다. 물기 좋도록 도야지 주둥이에 딱 맞게 특수 제작한 붓에 도야지들이 좋아하는 음식을 발라놓아도 거들떠보지도 않았다.

그렇다면 강제적 방법을 쓸 수밖에 없다. 어르고, 달래고, 욕하고, 때리고, 패고… 그렇게 특공대 훈련처럼 억지로 하다 보니 당연히 부작용이 속출했다.

우선 시끄러웠다. 말을 안 들으면 가차 없이 몽둥이질을 해대니, 날카로운 도야지 비명소리가 온 마을에 요란하게 울려 퍼졌다. 당연히 동네사람들의 항의가 빗발쳤다.

강훈련을 못 이겨 죽어나가는 놈도 속출했다. '도야지천국' 주인이야 삼겹살로 팔아넘기면 그만이지만, 시빗거리가 되기엔 충분했다.

누가 제보를 했는지 동물보호단체에서 찾아오기 시작했

다. 말이 잘 안 통하자 그 친구들은 피켓을 들고 와서 본격적으로 시위를 시작했다. 죽어나가는 도야지가 가장 날카로운 시빗거리였다. 젊은 친구들은 구호를 외치며 난리를 쳤고, 날이 갈수록 격렬해졌다.

동물을 사랑하라. 사랑하라, 사랑하라, 사랑하라.

동물 학살의 주범은 사과하라. 사과하라, 사과하라, 사과하라.

그들이 흔들어대는 피켓에는 PLM(Pig Live Matter)이라고 크게 적혀 있었다. 미국 흑인들이 외치는 "흑인들의 생명도 소중하다."라는 구호를 모방한 것이었다. 명백하고 엄연한 표절이었다.

생각 같아서는 단단히 혼구녁을 내주고 싶었지만, 언론사 기자나 TV 카메라와 같이 나타나는 바람에 함부로 할 수도 없어서 더욱 약이 오르고 화가 치밀었다.

돼지를 교육시켜 화가로 만드는 일은 어디까지나 개인의 자유이며, 이것은 대한민국의 국위선양을 위한 애국적 프로젝트다, 라고 기자들에게 주장하는 것이 고작이었다. 하지만 기자들은 전혀 진지하게 듣지 않았다. 명칭도 제멋대로 'K-피그카소'라고 해버렸다. 'K-돈(豚)카소 프로젝트'라고 아무리 말해도 듣지 않았다. 주체성이 훼손되는 것에는 관심도 없었다.

동물보호단체 회원들은 구호를 외치며 시위를 하고 돌

아가는 길에 마을 입구에 있는 식당에 들려 삼겹살을 구워 먹으며 희희덕거렸다. 멀리서 와준 취재진을 대접하는 자리라서 어쩔 수 없다는 설명이다.

어찌 되었던, 신문에 나고 텔레비전에서 보도되었으니, 이제는 도야지 화가를 만들지 못하면 망신을 톡톡히 당하게 생겼다.

그밖에도 어려움은 많았다. 한두 가지가 아니었다. 지극히 당연한 일이다.

예술가가 그렇게 쉽게 만들어질 리가 없다. 어렵고 힘들수록 예술은 가치를 발하는 법이다. 하지만, 할 수 있다. Hal Su It Da! 하면 된다. 안 되면 되게 하라!

*

지성이면 감천이라.

드디어 붓을 물고 휘둘러대는 신통한 놈이 나타났다. 눈여겨보던 돈식이와 돈순이였다. 그러면 그렇지, 정성이 통했구나.

먹물 묻은 붓을 물고 종이에 뭔가를 긁적대며 어슬렁거리는 품이 제법 미술가를 떠올렸다. 가끔은 그 위에 오줌을 싸고 뭉개기도 했다. 종이에는 그림인지 글씨인지 모를 검은 흔적이 남아 있었다. 제법 그럴듯해 보인다.

어쩌다가 그러는 우연일지도 모르니, 끈기를 가지고 관찰했더니, 붓을 문 도야지는 같은 짓을 비슷하게 되풀이하는데, 그때마다 남은 흔적, 즉 작품은 달랐다. 돈식이가 하는 대로 돈순이도 따라서 했다. (부창부수인지는 알 수 없다.)

아, 성공이다! 그림 그리는 도야지 탄생의 감격적 순간이다. 그것도 추상수묵화를 그리는 도야지, 세계 유일의 예술적 도야지 탄생의 역사적 순간이다.

뜨거운 감격이 부르르 치솟아올랐다. 서둘러 핸드폰을 꺼내 영상과 사진을 찍어서 방송국 친구와 평론가에게 보냈다.

방송국에서 득달같이 답신이 날아왔다. 알았다, 우리가 바로 가겠다. 비밀 지켜라. 우리가 갈 때까지 아무에게도 알리지 마라. 독점이다, 단독이다!

그렇지 않아도 시청률이 곤두박질치고 있어서 우울하던 차에 잘 됐다, 반갑고 고맙다는 속내도 감추지 않았다.

평론가의 글도 득달같이 이메일로 들어왔다. 원고 끝에 원고료를 입금할 은행계좌번호가 선명하게 적혀 있었다. 평론가의 글은 제법 그럴 듯했다.

"참으로 경이로운 일이다. 서예를 하고 수묵화를 그리는 돼지라니 정말 놀랍다. 그동안 그림 그리는 동물은 세계 여러 곳에서 활동하고 있지만, 동양 철학과 정신의 정수인 붓글씨와 수묵화를 소화하는 동물은 역사적으로 처음이다. 어찌 보면, 추상 문인화(文人畵)나 선화(禪畵) 또는 세련된 현대 서예를 연상시키는 이 작품들은 한국의 산하(山河)와 자연의 영적 기운을 반영한 것이 아닐까? 이는 문화 예술과 자연 환경의 긴밀한 관계를 말해주고, 문화적 유전자 밈(meme)의 신비를 풀어주는 역사적 사건이라고 조심스럽게 말할 수 있을 것이다."

*

걱정과는 달리 돈식이 돈순이는 텔레비전 카메라와 조명 앞에서도 전혀 당황하지 않고 멋지게 그림을 그렸다. 먼 길을 달려온 피디와 스태프 모두가 놀라고 만족했다.

방송국 미술담당자가 준비해온 베레모를 쓰고, 나비넥타이를 매니 정말 그럴 듯했다. 정말 훌륭하고 세련된 예술가답게 빛났다.

아무튼, 화가 돈식이와 돈순이는 하루아침에 유명해졌다. 글자 그대로, 자고 일어나니 엄청난 벼락스타가 되어, 감당하기 어려울 정도의 물결이 밀려들었다. 기자들, 구경꾼들, 지자체 공무원들, DNA 채취를 하려고 온 대학교수와 과학자들⋯ 등등이 시도 때도 없이 꾸역꾸역 밀려드는 바람에 정신이 하나도 없었다.

하지만 도야지 화가들의 작품은 전혀 팔리지 않았다. 답답하기 짝이 없지만 어쩔 도리가 없었다. 그저 답답함 위에 답답함이 쌓여 가는 형국이었다.

게다가 도야지들 눈치를 살피며 모셔 섬기는 일도 만만치 않았다.

화가 도야지들은 이미 공인(公人), 아니 공돈(公豚)이 되었다. 주인 마음대로 어찌 할 수 있는 차원을 넘어선 지 한참 되었다. 도야지 모시기에 한 치의 모자람이라도 있으면, 당장에 죄인 취급을 받을 판이었다.

그려진 화가 도야지들의 야심적 작품에 대한 근본적 관심이나 예술적 평가는 한참 뒷전으로 밀렸다. 거들떠보는 사람도 별로 없었다.

화가 도야지 돈식이와 돈순이의 보호자인 '도야지천국' 사장만 벙어리 냉가슴 두드리며, 미치고 환장할 노릇이었다. 한마디로 들어오는 돈은 땡전 한 푼 없는데, 나가는 돈은 눈덩이처럼 불어나갔다. 도저히 견딜 재간이 없었다.

그런 날이 거듭되면서, 국가적 차원에서 모심 받아 마땅할 도야지를 바라보는 눈길이 증오로 변하기 시작했다. 참곤란한 일이었지만, 대책은 속수무책이었다. 긁어 부스럼이요, 스스로 무덤을 판 꼴이 되었으니 괴로우면서도, 스스로의 감정을 다스릴 수가 없었다.

그림 그림자

야, 돈식아 돈순아, 나 좀 살자! 죽을 지경이다. 그림 때문에 폭싹 망했다. 미안하지만 네 놈들이 삼겹살이 되는 수밖에 없다. 나 좀 살자! 예술이고 개뿔이고 사람 목숨이 먼저 아니냐?

아무도 듣지 못하게 속으로 중얼거리며 이를 빠득빠득 갈았다. 죽음을 암시하는 증오의 눈길이 번득였다. 하지만 함부로 어찌 했다가는 큰일 날 것이 뻔하다.

보호자의 그런 독한 마음을 알 리 없는 도야지들은 붓을 물고 신바람 나게 휘두르며 꿀꿀거렸다.

종이를 다오! 나는 그림을 그리고 싶다. 꿀꿀…

먹물을 진하게 갈아라, 흰 종이를 펼쳐라. 꿀꿀꾸울…

새 종이가 없으므로 도야지들은 그린 위에 또 그리고, 그린 위에 또 그려, 드디어는 밤하늘처럼 새카만 종이가 되었다.

세상은 그런 그림을 단색화(單色畵)라고 부르는 모양이었다.

화겨니고개마루 전설

암자는 산꼭대기 구름도 쉬어간다는 높은 곳에 있었다. 그 암자로 올라가는 고개마루 쉼터에 허름한 비석 하나가 서 있었다. 비석에는 글자 몇 자가 새겨져 있었는데, 오래 돌보지 않아 희미했다.

화구지심천리향(畵狗之心千里香)

사람들은 이 고개마루를 '화겨니마루'라고 불렀다. 본디는 화견(畵犬)마루다. 멍멍이고개라고 부르기도 했다. 예부터 전해오는 노래가 있다.

개 그림인들 그림 아니랴
알랑가 모를랑가 깊은 뜻
짙은 향기 천리를 가네

이 정도면 전해오는 이야기가 없을 리 없다. 전설은 이러하다.

그림 그림자

*

    옛날 옛적, 깊은 산골 작은 암자에 허름한 스님 하나가 홀로 머물며 도를 닦고 있었다.

    스님은 젊었는지 늙었는지 도무지 가늠하기 어려운데, 스스로를 그림자라 부르며, 자신의 그림자라도 제대로 깨달아 섬기고 싶다고 기원하곤 했다. 사람들은 또랑스님 또는 또랭이중이라고 함부로 불렀다. 또랑광대에서 따온 말이니 도를 닦는 이에겐 도무지 안 어울렸지만, 스님은 그 이름에 감사하며 두손 모아 허리를 굽혔다.

    어디서 왜 여기까지 왔는지, 왜 머리 밀고 먹물옷을 입었는지 아무도 캐묻지 않았고, 스님도 말하지 않았다.

    어느 날 이른 새벽 먹을 물을 길러 골쩌기로 내려갔는데, 맑은 물소리 사이로 어디선가 작은 소리가 들려왔다. 짐승의 신음소리였다. 삶과 죽음을 가르는 마루턱에서 나는 소리였다. 살려주세요. 조심스레 소리 나는 쪽으로 향하니, 소리도 간절하고 커졌다. 살려주세요!

    소리를 더듬어 찾아가보니 과연 작은 강아지 한 마리가 가시덤불에 갇혀 바들바들 떨고 있었다. 세상에 나온 지 얼마 안 되는 목숨으로 보였다. 오래 굶었고, 많이 아픈 것이 분명했다. 하지만 눈빛만은 초롱초롱했다.

덤불을 헤치고, 조심스레 안으니 휴우 한숨을 토했다. 아, 이제 살았구나.

암자로 데리고 와서 함께 살게 되었다. 어디서 왜 여기 까지 왔는지, 왜 이리 심하게 다쳤는지 캐묻지 않았다. 그 냥 같이 살았다.

정성스런 보살핌으로 건강을 되찾은 강아지는 무럭무럭 잘 자랐다. 오른쪽 앞다리를 조금 절었지만 전혀 흉하지 않았다.

둘은 한솥밥을 먹으며 하루 종일 붙어사는 식구가 되었다.

강아지는 참으로 영특했다. 한 사람 몫을 너끈히 해냈 다. 거기에 더해 불심이 깊어 보였다. 스님이 하는 양을 자 세히 살피고는 따라하곤 했다. 얼마 지나지 않아 두 발로 서서 합장을 하고 부처님께 절을 올리고 목탁까지 치게 되 었다. 신묘했다.

어쩌다 암자를 찾은 신도들이 놀라서 자기도 모르게 합 장을 하고는 나무아미타불을 읊조릴 지경이었다. 전생에 덕 높은 스님이었음이 분명하다고 입을 모았다.

스님은 강아지를 멍이스님이라고 불렀다. 신도들도 아주 자연스럽게 그렇게 불렀다. 소문은 퍼지고, 멍이스님을 뵈 러 멀리서 암자를 찾아오는 신도들도 생겨, 점점 늘어났다.

멍이스님의 신묘함은 그림을 그리면서 한층 빛났다.

그림 그림자

어느 날 스님이 귀한 먹을 정성껏 갈아 붓을 들어 불경을 베껴 쓰고 있는데, 옆에 앉아 구경하던 멍이스님 느닷없이 붓을 조심스레 물더니 종이에 끄적끄적 뭔가를 그렸다. 그저 단순한 붓장난이 아니다. 놀라운 일이다. 신비롭다. 너무 놀라워 합장을 하고 절을 했다.

다음부터는 스님이 사경을 할 때마다, 멍이도 그림을 그렸다. 어떤 때는 젖은 나뭇가지를 물고 마당에 그림을 그리기도 했다. 그림 그리면서 매우 즐거워했다.

너무 신기하고 반갑고 고마워서, 붓자루를 입으로 물기 편하게 만들어주었더니, 고맙다고 멍멍 짖으며 좋아했다.

멍이스님이 그린 그림은 뭔가 아련하고 선명하지는 않았는데, 부처님 같기도 하고 달마상 같기도 했다. 불가에서 말하는 선화(禪畵)였다. 무엇을 그린 것인지 스님도 묻지 않았고, 멍이도 말하지 않았다.

*

그림 그리는 멍이스님의 소문은 이리저리 날아다니다가, 드디어 구중궁궐 임금님 귀에까지 들어가기에 이르렀다.

"무에라? 개가 그림을 그린다!? 그것이 참말이냐?"

대신 하나가 깊이 엎드려 말한다.

"그러하옵나이다. 전하의 크신 성은이 미물에까지 미친

줄로 아뢰옵나이다."

"내 눈으로 직접 보고 싶구나."

임금께서 지나가는 말로 툭 던지자, 모든 대신들이 입을
모아 아뢰었다.

"성은이 마앙극하옵나이다아아아, 즈으은하아."

임금의 말씀은 비록 가벼운 한숨이라 해도 지엄했고, 그
것이 곧 법이었다. 임금이 곧 법이요, 법대로만 하면 이 나
라에도 태평성대가 오리라고 모두들 믿었다.

그리하여, 임금의 깃털 같은 호기심을 위해, 백성들이
큰 고통을 겪었다.

임금의 말씀 한 마디로 멍이스님은 단숨에 귀한 몸이 되
었다.

그림 그리는 개 멍이스님을 한양 임금님 앞까지 모시는
작전이 시작되어 고을 원님을 중심으로 한 치의 흐트러짐
도 없이 차근차근 신속정확하게 진행되었다.

사또에게는 목숨처럼 귀한 일이었다. 임금에게 자신의
존재를 알릴 수 있는 이 절호의 기회를 놓칠 수는 없었다.
그러므로 한 치의 소홀함도 허용할 수 없었다. 그만큼 백
성들은 힘들었다.

사또가 명을 내렸다. 이제부터 개를 때리거나, 개를 굶
기거나, 개를 먹는 자는 엄벌에 처한다는 엄명이었다. 양

두구육, 토사구팽 같은 말도 금하고, 개를 사랑으로 잘 모
시라고 명했다.

드디어 한양을 향한 행렬이 거나하게 출발했다. 장엄한
행렬이었다.

번쩍이는 비단옷을 차려입은 멍이스님이 높은 가마에
올라 앉아있고, 보호자인 또랑스님이 옆에서 걸었다. 원님
도 동행했다.

백성들이 행렬 지나갈 길을 쓸고 닦았다. 아무리 짐승이
라지만, 임금께서 보시기를 원하는 개를 함부로 할 수는
없는 일이었다.

멍이스님은 도무지 불편하고 불안하여 계속 낑낑거리면
서 애처로운 눈길로 또랑스님을 바라보았다. 무슨 일인지
도무지 알 수가 없었다. 아마도 어쩌면 죽으러 가는 길이
라는 생각도 들었다. 비단옷이 불편하기 짝이 없었다. 죽
을 때 죽더라도 비단옷은 벗어버리고 싶었다.

멍이스님은 가는 길 내내 신음하며 낑낑거렸다. 멍이스
님이 아니라 낑이스님이 된 셈이다. 하지만 고통을 속으로
삼켜야만 했다. 낑낑거릴 때마다 옆에서 걷는 또랑스님이
사또로부터 욕을 듣고 매를 맞기도 했기 때문이다. 사또의
욕설은 우렁찼다.

"네 이놈, 우리 화견스님을 잘 모시지 않고 무얼 하고 있

느냐! 상감마마를 뵈올 스님이시다!"

그러니, 힘들어도 안으로 삼킬 수밖에 없었다.

그렇게 멍이스님도 괴롭고, 길가에 조아려 엎드린 백성들도 모두 힘들고, 더럽고, 날씨는 너무 더웠다.

하지만, 임금의 호기심은 지엄한 법이었고, 법대로만 하면 벼슬길이 활짝 열릴 것으로 믿어 의심치 않는 사또가 가까이 있었다.

한양에 거의 다 왔을 무렵, 참다 못 한 개가 울었다. 터지는 울음을 누를 길이 없어서 하염없이 울었다. 개는 처량하게 울부짖고, 또랑스님은 매를 맞아 아파서 울었다.

*

임금님 앞에서 그림 그리기는 큰 탈 없이 잘 진행되었다. 임금의 얼굴에 흐뭇함이 번지자 온 대신들이 안도의 숨을 내쉬었다.

그림을 시작하기 전에 또랑스님이 수발을 들며 간절하게 말했다.

"스님 잘 하시게! 너 하나에 많은 목숨이 달려 있으니…"

멍이스님은 알아들었다. 그 말씀을 가슴에 새기고 정성을 다해 그렸다.

그림을 그리는 동안은 온 세상이 문득 멈춘 듯 조용했

다. 아무 소리도 들리지 않았다.

임금께서도 호기심 가득한 눈길을 보냈고, 모든 신하들은 경건했다.

개가 그린 그림을 처음 본 임금께서 대단히 흡족하여 명을 내리셨다. 말을 하지 않았지만 임금에게는 계획이 있었다.

"오호, 과연 대단하구나. 온 나라의 화인들이 배워야 할 바가 크도다. 내 귀한 견공에게… 벼슬을 내리노라. 도화서 별감에 봉하노니, 궁에 머물며 그리게 하라!"

그 자리에 있던 온 신하들이 감격하여 눈물을 흘리며 합창했다.

"스으응으니 마앙극하옵나이다아아아, 즈은하아아."

헌데 바로 그 순간,

벼슬이라는 소리를 들은 멍이스님이 돌연 사납게 으르렁거리며 임금을 노려보았다. 궁에 살라는 말을 듣고는 날카로운 잇빨을 드러내고 당장이라도 달려들듯 무서운 기세였다.

얼음처럼 찬바람이 일었다.

그 서슬에 놀란 임금이 흠칫 뒤로 물러앉았다. 그 모습을 본 개가 더 사납게 으르렁거리며 내달았다. 또랑스님의 말도 듣지 않았다. 속수무책이었다.

온 대신들이 놀라서 웅성거렸다. 웅성거림은 합창이 되

었다.

"즈은하아아아."

바로 그 때,

포도대장이 몸을 날려 개를 제압했다. 수행해온 고을 사
또도 나섰지만 한 발 늦었다. 포도대장은 부하에게 시키지
않고 몸소 스스로 직접 솔선수범 몸을 날렸다. 임금에게
자신의 존재를 각인시킬 이 귀한 기회를 날려버릴 수는 없
었다. 포도대장이 몸을 던지며 외쳤다.

"즌하아 피하소서! 소신이 대신 죽겠나이다."

곧 이어 포도대장의 우렁찬 호령이 찌렁찌렁 어전에 울
려퍼졌다. 포도대장이 한 순간을 완벽하게 제압했다.

"무엇들 하느냐! 당장 저 놈을 묶어 가두라!"

포졸들이 우르르 달려들어 멍이스님을 덮쳐 꽁꽁 묶었
다. 멍이는 버둥거리며 깨갱깨개갱 구슬피 울었다. 그 바
람에 벼루에 갈아놓은 먹물이 흩날려 종이 위에 그림을 그
렸다. 부처님 형상 같기도 하고 달마상 같기도 했다.

울며 끌려가는 개를 보며 임금께서 한 말씀하셨다. 임금
의 말씀은 곧 법이었다.

"아서라! 미물이 무얼 알겠느냐! 제대로 섬기지 못한 사
람이 잘못이지…"

온 신하들이 울면서 떼창했다.

"스으응으니 마앙극하옵나이다아아아, 즈은하아아"

*

묶여서 끌려간 또랑스님은 곤장을 맞았다. 볼기가 터졌다. 맞아 비명을 지를 때마다 멍이는 겅중겅중 뛰어오르며 울었다.

하지만 아무도 멍이스님을 함부로 하지는 못했다. 조금 전에 임금께서 도화서 별감 벼슬을 내린 귀한 존재를 함부로 할 수는 없는 노릇이었다.

그리하여, 모진 곤장에 볼기가 터진 또랑스님은 기진하여 옥에 갇히고, 멍이는 옥 앞에 앉아 꼼짝도 하지 않았다. 먹지도 마시지도 않았다. 누구라도 가까이 오면 필사적으로 으르렁거렸다.

그렇게 그렇게, 그림 그린 죄밖에 없는 멍이스님과 또랑스님의 매운 시간이 흘러갔다.

*

그 날 저녁 임금께서 도화서 우두머리를 불러 그림에 대해 이것저것 물으시며, 긴 이야기를 나누셨다고 전한다.

그 값진 대화가 어떤 내용이었는지는 안타깝게도 전하지 않는다. 슬프다. 다만 후세 학자들이 짐작컨대, 도대체 그림이란 무엇이냐, 왜 그리냐, 왜 필요하냐 등의 근본적이야기였을 것이고, 주로 대국의 화론을 중심으로 한 깊은 대화였을 것이라고 한다. 허나 자세한 내용은 전해오지 않고, 다만 임금의 마지막 말씀만 전해온다.

"그러니까… 그림이란 건 없어도 그만인 물건이로구나. 개도 그릴 수 있으니… 아, 졸린다. 그림이고 개뿔이고 그만 자야겠다."

그리고 외전이 전하는 바로는, 그때 임금의 계획은 그림 그리는 개를 흔하지 않은 귀한 영물이니 대국에 조공으로 보내 환심을 사려는 것이었는데, 안타깝게도 이루지 못했다는 것이다. 어쩌면 멍이스님이 그 계획을 알아차리고 달려들었을지도 모른다는 유언비어도 있다고 전한다.

*

그렇게 여러 날이 지나 멍이스님과 또랑스님은 풀려나 암자로 돌아왔다. 멍이가 고집스럽게 식음을 전폐하고 신음하니 목숨이 걱정스러웠는데, 임금으로부터 벼슬을 받은 도화서 별감을 이렇게 죽게 내버려둘 수는 없는 노릇이었다.

골칫거리를 치우지 않으면 누구에게 화가 미칠지 몰랐으므로, 둘은 서둘러 풀려났다.

임금께서는 한번 내린 벼슬이니 말씀을 거두지 않았다. 그것이 임금의 법이었다. 그리고, 백성들은 그 법대로만 하면 태평성대가 되리라 믿는 것으로 여겨졌다. 물론 믿지 않는 사람도 많았다.

*

암자로 돌아온 또랑스님과 멍이스님은 마음은 편안했지만, 몸은 편하지 않았다. 아팠다. 많이 아팠다.

스님은 곤장을 빗맞은 바람에 다리를 절었다. 멍이스님과 같이 다리를 절며 걸었다. 두 스님이 절룩거리며 걷는 모습은 그다지 흉하진 않았다. 노을녘 춤추듯 쩔뚝이며 걷는 두 스님의 모습은 차라리 아름답기도 했다.

무엇보다도, 매를 못 이겨 찢어진 볼기에 오른 장독이 아물지 않았다. 멍이스님이 열심히 상처를 핥으며 애처롭게 보살폈지만, 도무지 아물 기미가 보이지 않았다.

이 모든 일이 그림 때문에 비롯된 것이라고 탓할 수도 있었지만, 스님은 그렇게 여기지 않았다. 아픔을 이겨내고, 큰 깨달음을 얻기 위해서는 더 열심히 불경을 쓰고 그림을 그려야 한다고 생각했다. 그림은 구원이라고 그는 믿었다. 그림을 그리는 동안에는 마음이 잔잔해졌고, 편안했다.

종이가 워낙 귀하고, 암자에 지내는 스님들이 쉽게 구할 수 없었기 때문에, 그린 위에 또 그리고, 흰 종이가 먹처럼 새카매질 때까지 그리고 또 그렸다. 그렇게 깊은 검은 색이 영롱하게 빛났다.

그런 멍이스님의 그림을 얻고 싶어 하는 중생이 많았지만, 함부로 내주지는 않았다. 사실 시커먼 종이에 담긴 뜻을 알아 새기는 중생은 매우 드물었다.

*

안타깝도다.

또랑스님은 끝내 장독을 이겨내지 못하고 숨을 거두었다. 멍이스님은 하염없이 울었다. 달리 할 일이 없었다.

마을사람들이 암자로 올라가 보니, 슬프게도 두 스님은 다정하게 나란히 누워 숨을 거두었고, 그림들이 두 스님을 덮고 있었다고 전설은 전한다. 검은색이 빛났고, 먹냄새가 진했다고도 전한다.

*

세월이 흐르고 흘러, 암자로 올라가는 고개마루 쉼터에 허름한 비석하나가 세워졌다. 비석에 새겨진 글자는 이렇다.

화구지심천리향 (畵狗之心千里香)

개가 그린 그림의 향기 천리 간다.

그림 그림자

자화상 그리기

아주 오랜 벗에게!

잘 지내시나? 참으로 오랜만일세. 세상 공기 너무 탁해서 숨쉬기도 벅차다는 소식 들었네만, 별 탈 없으시고? 나이 먹으면 그저 조심이 제일이지…

나는 요즈음 자화상을 그려보려고 발버둥치고 있네. 지나온 자취들을 되돌아보고, 나는 도대체 어떤 중생인가 묻고 싶다는 생각이 들어서… 나 때문에 아팠던 사람 찾아서 미안하다는 말도 전해야겠지… 자화상이라는 게 본디 그런 물건 아닌가?

고개마루 작은 바위에 걸터앉아 땀 닦고 물도 한 모금 마시고, 이제 내려가기 전에… 걸어온 길 내려다보는… 누추하기도 하고 부끄럽기도 하고 아주 조금은 뿌듯하기도 하고… 그렇게 보낸 지난 세월들… 그런 걸 그리는 게 자화상이지.

자화상 그리기는 자서전이나 회고록 쓰는 것과는 많이

다른 것 같군. 시와 산문의 다름이랄까, 메마름과 축축함의 차이랄까… 거짓말이 잘 안 통할 것 같아…

아무튼, 내 얼굴을 그려보겠다고 거울을 보니 웬 낯선 자가 물끄러미 나를 바라보고 있더군. 어디서 많이 본 얼굴인데 아주 낯설어… 실례지만 누구십니까?

그 낯선 얼굴을 한참 물끄러미 바라보다가 끝내 그리지는 못하고 말았네. 실례지만 뉘신지요? 우리가 서로 아는 사이던가요?

하긴 얼굴이라는 게 나를 위해 있는 것이 아니고, 남들 보라고 있는 거 아니던가. 이름이라는 것도 그렇지. 얼굴이라는 낱말이 '얼의 꼴'이라는 뜻이라고 하더군. 나의 얼이 남을 위해 있는 거라니? 그것 참 이상하군… 서로 다른 사람의 얼을 지켜줘가며 살아라… 뭐 그런 뜻인가? 그럴지도 모르겠군.

화가들은 왜 자화상을 그렸을까? 왜 자기 얼굴을 그리고 싶어 한 걸까?

미술사를 보면 이른바 거장이라고 알려진 화가들은 거의 모두가 자화상을 남겼지. 물론 브라크나 크림트처럼 자화상을 전혀 안 그린 작가도 있지만… 렘브란트, 고흐, 뭉크, 세잔느, 케테 콜비츠 같은 대가들은 무척 많은 자화상을 남겼지 않나… 김종영 선생도 참 많이 그리셨지. 그런

그림 그림자

자화상들을 비교해가며 보면 참 재미있어. 느끼는 점도 많고…

자화상 그리기란 결국 자기 내면을 응시하고 성찰해서, 반성하고 회개하는 일일 테지, 말하자면 간절한 기도나 고해성사 같은 것… 그러니 그저 겉모습만 그린 건 아니지.

내가 자화상을 그리고 싶다는 생각에 빠진 건 조선시대의 학자이자 빼어난 화가인 공재 윤두서(尹斗緒)의 자화상을 보고나서였네. 그 작품 잘 아시지? 얼마 전에 어떤 일로 그 그림을 다시 꺼내 보게 되었는데, 시쳇말로 확 꽂힌 거지. 전기가 찌르르 통하는 것 같더군. 참 이상해, 전에는 전혀 안 그랬었는데 말씀이야. 요새는 아예 복사본을 벽에 붙여놓고 오며가며 문안드리고 있네.

매우 개인적인 생각이네만, 나는 이 작품을 세계 최고의 자화상이라고 꼽는데, 자네 생각은 어떠신가?

아, 이 양반은 왜 이렇게 세상을 노려보는 걸까? 거울을 보며 자기 얼굴을 그리면서 무슨 생각을 했을까? 좀 지친 표정인데, 눈빛만은 이글이글 무섭게 빛나지… 도깨비불 같아 보이기도 하고…

미술사 학자들은, 벼슬길 막힌 분노를 드러낸 거라고 설명하는데… 설마 그럴 리가?… 하긴 이 양반이 윤선도의 증손이요, 정약용 형제의 외할아버지시니… 막강한 명문가 출신인데, 당파싸움 때문에 벼슬을 못했으니 섭섭함이야 있었겠지만, 그걸 자화상에다 분노로 표현했을 리는 없지. 그렇게 작은 사람이 아니야. 그것보다는 그 눈빛에 담긴 건 훨씬 근본적이고 인간적인 절망이나 외로움이라고 해석하는 게 옳지 않을까? 이 양반 마음이 참 따스한 사람이거든. 그건 이 양반의 다른 작품을 보면 금방 알 수 있지.

특히 죽은 친구 심득경(沈得經)을 그린 초상화를 보면 가슴이 뭉클해져요. 이 그림은 친구이자 육촌동생인 심득경이 38세에 죽고 나서, 공재가 친구의 이른 죽음을 슬퍼하며 절절한 그리움을 담아 그린 작품인데, 어찌나 잘 그렸는지 이 그림을 본 심득경의 집안 사람들이 "그가 살아 돌아온 것 같다."며 눈물바다를 이루었다는 이야기가 전해오지.

잘 아시겠지만, 조선시대의 초상화에는 "터럭 한 올이라도 다르면 그 사람이 아니다."라는 이른바 전신사조(傳神寫照) 정신이 시퍼렇게 살아 있었지 않나. 그런 가운데 기억만으로 이처럼 생생하게 그렸다는 것은 대상을 내면까지 철저하게, 그리고 진심으로 알고, 자기 몸처럼 사랑하고 있었다는 이야기지. 그러니까 친구와 작가가 하나인 거야. 죽음도 두 사람을 갈라놓지 못한 거지. 일체감으로 가득한 우정이 가슴을 울려요. 어때? 부럽지 않으신가?

내가 죽은 후에 누가 기억을 더듬어 내 초상화를 그려줄 수 있을까? 자네가 그려주시려나? 하긴 뭐 사진이 있는데 힘들게 그릴 필요가 뭐냐고 하면 할 말 없네만.

　요새 화가들은 자화상 안 그리지? 사진 찍으면 충분한데 귀찮게 자화상은 무슨… 그런 생각일까? 그렇게 간단하진 않을 것 같은데…

　어쩌면 자기 내면을 들여다보는 게 두려워서일까? 아니면 외로움을 들키고 싶지 않아서… 사실 자기 얼굴을 똑바로 응시하는 게 그렇게 간단하고 쉬운 일은 아니지…

　특히, 추상화 그리는 친구들은 자화상 같은 건 아예 자기와는 관계없다고 생각하더군. 참 딱해. 마누엘 가써가 쓴 『거장들의 자화상』이란 책에 몬드리안의 자화상 이야기가 나오는데 혹시 읽어보셨나? 몬드리안은 기하학적 추상화로 유명한 작가 아닌가. 그런데 그런 추상화를 그리던 시기에 그린 자화상은 자연주의적인 구상화인 거야. 몬드리안은 평생 7점의 자화상에 손을 댔는데, 그 중 4점은 구상화라는구만. 엄격한 추상과 구상이 공존하는 거지. 이게 정상 아닌가? 내 생각은 그렇네만… 어찌 생각하시나?

　이야기가 나온 김에 한 마디 더 하자면, 나는 추상화가도 뎃상 공부 소홀히 해선 안 된다고 믿거든. 뎃상이라는 게 대상을 사실적으로 묘사하는데 그치는 것이 아니지. 사물의 본질을 파악하거나 우리 삶의 방향을 가늠하는 것도 뎃상 아닌가? 안 그런가?

몬드리안처럼 하기 싫으면, 추상화로도 얼마든지 자기 얼굴을 그릴 수 있을 텐데, 오히려 사진으로는 잡아낼 수 없는 것을 그릴 수 있으니 더 좋을 텐데 말씀이야… 자기 얼굴에 대한 자신감과 작품에 대한 확신이 있다면 얼마든지 그릴 수 있을 텐데… 참 딱해.

확신이 없는 거야! 자기 자신에 대한 확신이란 결국 자기 사랑에서 우러나는 거 아닌가! 그러니까, 자기 자신을 사랑하지 않으면서, 쓸데없는 자존심만 높은 거라, 콧대만 세우면 미인이 된다고 생각하는 거지. 그러니 몰골이 그렇게 볼품없고 누추할 수밖에… 그래서 너도나도 얼굴 뜯어고치고 가짜 삶을 사는 거지. 예술가들도 비슷해요, 다를 것 없어요.

그래서 난 요새 화가들에게 자화상 좀 그려보라고 권하고 있는데, 잘 안 먹히네. 복잡하게 생각할 거 없이 아침에 세수하고 거울 보는 것처럼 가벼운 마음으로 그리라고 해도 듣는둥 마는둥이야. 마음을 담아 겸손하게 자기를 바라보라는 거지, 건성으로 보지 말고, 기도하듯 말이야… 그게 그렇게 어려운 일인가?

그나저나 나는 뎃상 실력이 형편무인지경이니 그저 내 식으로 그릴 수밖에 없네. 내 꼬라지에 어울리는 투박한 솜씨로… 솜씨가 없으니, 여러 장 그려봐야겠지… 자화상이 꼭 사실적일 필요는 없지 않은가?

혹시 쓸 만한 게 나오면 영정으로 써도 좋겠다는 생각이 문득 드는군. 기계로 그린 사진보다 한결 뜻이 깊을 것 같아… 내 죽음의 뒤치다꺼리는 내가 조금이라도 한다는 생각… 너무 건방진가? 어찌 생각하시나?

아, 이제 그만 내려가야겠네. 해 떨어지기 전에 마을을 만나 지친 몸 눕힐 수 있으려나… 달 밝을 땐 밤길 걷는 것도 운치 있지만, 지금은 그믐 때니 서둘러야겠네…

또 소식 전하리다. 내내 건강하게 잘 지내시기를…

날개 없는 새

온갖 새 소리가 사방에서 요란하게 들려왔다. 우는 건지 노래하는 건지 분간이 어려웠다. 바람이 진득한 나무내음을 실어왔다. 저 멀리 바다가 보이고, 갈매기들의 비상도 보였다.

– 멀리서 보는 바다도 참 좋지요?

– 네, 정말 좋군요.

– 무엇을 하는 분이신가…요?

– 그림을 그립니다, 스님…

– 그림이라… 무슨 그림을 그리시는지?

– 새를 그립니다, 하늘을 나르는 새…

– 무슨 새?

– 참새, 비둘기, 까치, 제비, 갈매기, 학, 독수리… 날 짐승은 다 그려보려 애씁니다.

– 오호, 나르는 새라? 눈이 엄청 날카로워야겠네요.

– 네… 저는 새 자체보다는 비상을 그려보려 애쓰고 있습니다. 나르는 행위의 아름다움 같은 것…

– 나르는 행위? 새들은 저마다 바쁘게 날아다니지만, 나르는 이유나 성격은 저마다 다르지요?

– 그렇지요. 독수리는 한 치도 틀림없이 정확하고 빠르게 내려가 먹이를 낚아챕니다. 바보새라고 불리는 알바트로스는 빠르면서도 멀리 오래 나릅니다.

하지만, 대부분의 새들은 먹이를 얻으려고 날지요.

– 요새는 어떤 새를 그리시는지요?

– 그리고 싶은 것이 있는데… 어떻게 그릴지를 도무지 알 수가 없어서 못 그리고 있습니다. 답답합니다.

– 뭘 그리고 싶으신데…요?

– 갈매기의 꿈…

– 아, 조나단 리빙스턴 갈매기?

– 아니, 스님께서도 그런 책을 읽으시…?

– 중도 사람입니다. 별 수 없지요.

– 네, 조나단 리빙스턴 갈매기의 비상… 그저 먹이를 얻으려 나르는 것이 아니라, 나르는 행위 자체를 아름답게 여기고 사랑하고, 완벽을 향해 최선을 다 하는 비상…

그 글의 구절들을 지금도 외우고 있습니다. 기억되는 문장이 참 많아요.

"갈매기란 자유라는 무한한 사상이며, 또 말하자면 '위대한 갈매기'의 화신으로, 몸 전체가 날개 끝에서 끝까지, 너희들이 그것이라고 생각하는 것 이외의 아무 것도 아니라는 것을 이해하지 않으면 안 돼."

"완전한 것에의 그의 걸음은 이미 시작되고 있었던 것이다."

완전한 것에의 걸음… 그것을 어떻게 받아들여야 할지…

– 아, 책에서 읽었는데… 저자 리처드 바크가 그 글을 다 쓰고 나서 타자기를 바다에 던져버렸다고 하더군요. 쓰고 싶은 걸 다 썼다, 더 이상 쓸 것이 없다는 뜻일까요? 여담입니다만… 그 바크라는 성씨가 위대한 작곡가 바흐와 같은 Bach더군요. 절대음악을 추구한 바흐…

– 부럽습니다, 정말 부러워요. 어떻게 하면 그런 경지에 이를 수 있을까요, 스님?

– 허허, 그런 걸 알면 소승이 여기서 이렇게 부끄럽게 있지 않겠지요, 허허…

새소리 한층 요란하게 밝아지고, 나무내음 진하다. 저 멀리 바다가 보이고 갈매들의 비상도 아련하게 보인다.

그림 그림자

– 어리석은 질문입니다만, 뭐가 가장 어려우신가요?

– 모든 것이 다 어렵지요.

– 역시 우문이었네요.

– 아, 죄송합니다, 그런 것이 아니고… 비상이라는 것이 아무래도 속도, 움직임, 거리, 공간, 높이, 이동… 그런 것인데… 그런 걸 이차원 평면인 그림으로 표현하려니… 늘 막막하지요.

– 그렇겠군요. 아득하시겠습니다. 나무아미타불… 하긴 뭐, 우리네 길 더듬기도 꼭 그렇습니다. 소승은 그림을 전혀 모릅니다만… 무익조의 마음이 되시면 혹시나…?

– 무익조(無翼鳥)? 날개 없는 새?

– 네, 날개 없는 새… 날개 없이도 훨훨 날을 수 있는 것이… 그림 아닐까… 그런 생각이 드는군요. 날개를 의식하면 자유롭게 나를 수가 없지요. 아, 물론, 말이나 생각은 쉬워도… 손은 전혀 다른 문제겠지요, 아주 다르지요.

– 무익조… 날개 없이 나는 새…

얼마나 시간이 날았을까.

요란한 새소리에 놀라 정신을 차려보니, 스님은 이미 보이지 않고, 먼 바다는 저만치 혼자서 검붉게 물들고 있었다.

그림 그림자

이야기로 엮은 미술의 본디

1쇄 발행일 | 2023년 05월 01일

지은이 | 장소현
펴낸이 | 윤영수
펴낸곳 | 문학나무
편집 기획 | 03085 서울 종로구 동숭4나길 28-1 예일하우스 301호
이메일 | mhnmoo@hanmail.net

출판등록 | 제312-2011-000064호 1991. 1. 5.
영업 마케팅부 | 전화 | 02-302-1250, 팩스 | 02-302-1251
ⓒ장소현, 2023

값 16,000원
잘못된 책은 바꾸어 드립니다
지은이와 협의로 인지는 생략합니다
무단 전재 및 복제를 금합니다

ISBN 979-11-5629-160-2 03810